HISTORIAS
DE
SIEMPRE
ALFAGUARA

20.000 LEGUAS DE VIAJE SUBMARINO

Julio Verne

20.000 leguas de viaje submarino es una obra colectiva concebida, diseñada y creada por el equipo editorial Alfaguara de Santillana Ediciones Generales, S. L.

En su realización han intervenido:
Edición: Marta Higueras Díez
Adaptación de la novela de J. Verne: **Celia Ruiz**
Ilustración: **Carlos Puerta**
Ilustración de cubierta: **Carlos Puerta**
Diseño de cubierta: Inventa C. G.
Revisión editorial: Almudena Ruiz
Realización: Víctor Benayas
Dirección técnica: José Crespo

© 1996, Grupo Santillana de Ediciones, S. A.
   2002, Santillana Ediciones Generales, S. L.
   Torrelaguna, 60. 28043 Madrid

Aguilar, Altea, Taurus, Alfaguara, S. A. de Ediciones
Beazley, 3860. 1437 Buenos Aires

Editorial Santillana, S. A. de C.V.
Av. Universidad, 767. Col. Del Valle.
México, D.F. C.P. 03100

Distribuidora y Editora Aguilar, Altea, Taurus, Alfaguara, S. A.
Calle 80, n° 10-23
Santafé de Bogotá-Colombia

ISBN: 84-204-5722-1
D.L.: M-5.175-2002

Printed in Spain - Impreso en España por
Gráficas Rógar, S. A. Navalcarnero (Madrid)

5ª edición: febrero, 2002

20.000 LEGUAS
DE VIAJE SUBMARINO

Julio Verne

Personajes

El señor **Aronnax** es profesor del Museum de París. Este científico disfrutará como nadie observando, anotando y estudiando los fondos marinos que descubrirá en esta expedición.

Este flamenco de temperamento tranquilo es **Conseil,** el criado del profesor Aronnax. Pero además, es un cariñoso amigo y un ayudante magnífico.

El comandante **Farragut** es el capitán de la fragata *Abraham Lincoln*. Es un marino valiente, trabajador y decidido.

El canadiense **Ned Land** es el rey de los arponeros. Va a bordo del *Abraham Lincoln* en busca del gigante marino, aunque él es el único de la nave que no cree en la existencia del monstruo.

Nemo, el capitán del *Nautilus,* es un hombre tan misterioso y huidizo como su nave submarina. Parece malvado, pero es bondadoso. Así, lo veremos llorar y emocionarse ante el dolor de los demás.

La historia de... 20.000 LEGUAS DE VIAJE SUBMARINO

EN EL AÑO 1866 VARIOS NAVÍOS SE HABÍAN TOPADO CON UN OBJETO ALARGADO, MÁS GRANDE Y VELOZ QUE UNA BALLENA.

¡ES UN MONSTRUO MARINO!

EL GOBIERNO DISPUSO UNA FRAGATA PARA BUSCAR AQUEL EXTRAÑO GIGANTE. EL MINISTRO DE MARINA ME INVITÓ A PARTICIPAR EN LA EXPEDICIÓN.

CONSEIL, PREPÁRATE. ZARPAREMOS DENTRO DE DOS HORAS.

COMO EL SEÑOR GUSTE.

EL ARPONERO NED LAND ERA EL ÚNICO DE LA FRAGATA QUE NO CREÍA EN EL MONSTRUO. PERO FUE ÉL QUIEN NOS ANUNCIÓ LA PRESENCIA DE AQUEL SER.

¡EH, EH! ¡ESA COSA A SOTAVENTO!

NED LE DISPARÓ CON SU ARPÓN. EL MONSTRUO LEVANTÓ UNA INMENSA TROMBA DE AGUA Y YO FUI ARROJADO AL MAR.

¡SOCORRO!

EN LAS FRÍAS AGUAS DEL MAR NO ESTABA SOLO: ME ACOMPAÑABAN CONSEIL Y LAND. LOS TRES ESTÁBAMOS ENCIMA DE UNA PLATAFORMA METÁLICA.

SI QUEREMOS SALVAR LA VIDA, TENDREMOS QUE GRITAR Y PATEAR.

DE ACUERDO, SEÑOR.

AL POCO TIEMPO, FUIMOS INTRODUCIDOS EN LA NAVE.

NUNCA MÁS VOLVERÁN A TIERRA. SON MIS PRISIONEROS.

A PESAR DEL CAUTIVERIO, PODÍAMOS MOVERNOS LIBREMENTE POR LA NAVE.

EL CAPITÁN NOS INVITA A UNA JORNADA DE PESCA SUBMARINA EN LA ISLA DE CRESPO.

DURANTE LOS MESES SIGUIENTES, NOS OCURRIERON MULTITUD DE AVENTURAS MARAVILLOSAS. CONSEIL Y YO ESTÁBAMOS FELICES, PERO NED SE SENTÍA ENJAULADO EN EL *NAUTILUS*.

PROFESOR, ESTAMOS EN EL MEDITERRÁNEO. ES UN BUEN MOMENTO PARA HUIR.

PERO AQUEL INTENTO DE HUIDA FRACASÓ. TRAS ATRAVESAR LAS COSTAS DE PORTUGAL, NOS DIRIGIMOS HACIA EL POLO SUR.

TOMO POSESIÓN DE ESTAS TIERRAS QUE NUNCA HAN SIDO PISADAS POR CRIATURA HUMANA.

BLOQUEADOS POR GIGANTESCAS MASAS DE HIELO, ESTUVIMOS A PUNTO DE MORIR EN LOS MARES HELADOS DEL SUR.

PROFESOR, HEMOS LOGRADO PASAR.

TRAS SIETE MESES DE VIAJE POR TODOS LOS MARES DE LA TIERRA, PUDIMOS HUIR.

¡SOMOS LIBRES, PROFESOR!

UN NERVAL GIGANTE
ASOLA LOS MARES

El año 1866 quedó marcado por un misterioso acontecimiento que nadie ha olvidado. El extraño suceso desasosegaba a las poblaciones de los puertos, exaltaba los ánimos
de las personas que vivían en el interior de los continentes y
tenía muy preocupados a todos los hombres de la mar de
Europa y América. Incluso inquietaba a los gobiernos de los distintos Estados.

En efecto, varios navíos se habían topado en alta mar con un
objeto alargado, fusiforme y fosforescente e infinitamente más
grande y veloz que una ballena.

Las noticias sobre su aparición se sucedían sin tregua. Con
todas las observaciones realizadas, se podía concluir que era un
ser colosal que poseía una velocidad vertiginosa en sus movimientos y una sorprendente fuerza en su propulsión.

La emoción suscitada en el mundo entero por tal aparición
sobrenatural era comprensible. En las grandes ciudades el

monstruo se había puesto de moda. Había canciones, obras de teatro y relatos fantásticos sobre este ser maravilloso. Los periodistas le dedicaban ríos de tinta, y en las sociedades de eruditos y en las revistas científicas estalló una interminable polémica entre los crédulos y los incrédulos. A lo largo de medio año, esta peculiar guerra prosiguió. Parecía que la imaginación había vencido a la ciencia.

En los primeros meses del año 1867, parecía que el asunto había quedado olvidado para siempre. Pero de pronto, nuevos sucesos llegaron al conocimiento del público. La gente tomó conciencia de que "aquello" era un peligro real. ¿Qué había sucedido?

En los meses de marzo y abril, dos barcos habían tenido accidentes gravísimos en alta mar. Tras chocar con un enorme objeto cortante y punzante, se habían abierto vías de agua de más de dos metros en su casco. En muchos casos, los barcos se habían ido a pique.

El suceso más conocido fue el del *Scotia*, capitaneado por el oficial Anderson. Se hizo famoso porque su armador era Cunard, un inteligente industrial que había fundado en 1840 un servicio postal entre Liverpool y Halifax, en Canadá. Cuando los ingenieros inspeccionaron el *Scotia*, no pudieron dar crédito a lo que veían sus ojos. A dos metros y medio de la línea de flotación, se abría una brecha regular en forma de triángulo isósceles. La rotura de la chapa era de una limpieza perfecta. Concluyeron que el instrumento perforante debía ser de un temple extraordinario y que fue lanzado con una fuerza y una pericia prodigiosas.

La opinión pública se volvió a excitar con este suceso y todos los siniestros marítimos se cargaron a la cuenta del monstruo. La población exigió tajantemente que se limpiaran los mares, de una vez por todas, costara lo que costara.

En la época en que se produjeron estos acontecimientos, yo acababa de regresar de un viaje de exploración científica en Nebraska. El gobierno francés me había enviado a esta expedición en calidad de profesor adjunto del Museo de Historia Natural de París. Tras pasar seis meses en Nebraska, llegué a Nueva York a finales de marzo, cargado de valiosas colecciones. Mi regreso a Francia estaba previsto para primeros de mayo.

A mi llegada a Nueva York no se hablaba de otro tema que no fuera el monstruo. Yo estaba al corriente del asunto, pues había leído todos los periódicos americanos y europeos, y el misterio me intrigaba. Las opiniones estaban divididas en dos bandos: los que se inclinaban a favor de un monstruo de fuerza colosal y los que apostaban por un barco submarino dotado de una enorme potencia. Pero esta última posibilidad no pudo resistir las investigaciones que se realizaron en Europa y América. Era poco probable que un particular dispusiera de semejante artefacto. Sólo un país podía poseer una máquina destructora de este tipo. Sin embargo, las declaraciones de los diferentes gobiernos del mundo hicieron imposible esta hipótesis. La tesis del monstruo volvió a recobrar fuerza.

A mi llegada a Nueva York, varias personas me hicieron el honor de consultarme sobre el fenómeno en cuestión. Para muchos, yo era un experto en Historia Natural, ya que hace años había publicado en Francia la obra *Misterios de las grandes profundidades submarinas.* Incluso, el *New York Herald* me puso en jaque para que diera mi opinión. Así que publiqué un artículo en el que admitía la posibilidad de un animal marino de excepcional potencia. Afirmé que podía tratarse de un narval gigante, diez veces más grande que el narval común o unicornio marino, armado con una especie de espada de marfil. Así se podría explicar lo inexplicable de este fenómeno. Mi artículo fue discutido con pasión, tuvo mucho eco y se granjeó numerosos partidarios.

El público se formó una opinión sobre la naturaleza del fenómeno y admitió a pies juntillas la existencia de un ser prodigioso. Unos no vieron en ello más que un problema puramente científico que había que resolver; otros, sin embargo, pensaban que había que eliminar del océano a ese terrible monstruo para garantizar la seguridad de las comunicaciones transoceánicas.

La opinión pública presionó para que los Estados de la Unión dispusieran la fragata *Abraham Lincoln* para cazar al narval. El comandante Farragut fue nombrado jefe de la expedición. Pero cuando todo estuvo preparado, nadie supo a dónde dirigir la nave.

Durante dos meses no se oyó hablar del monstruo. La impaciencia iba en aumento hasta que, el 3 de julio, se supo que un vapor de la línea San Francisco a Shangai había vuelto a ver el animal en los mares septentrionales del Pacífico.

La emoción que provocó esta noticia fue extraordinaria. Como a bordo todo estaba preparado, no había más que encender las calderas, alcanzar la presión necesaria y largar amarras.

Faltaban unas tres horas para que la fragata partiera cuando recibí una carta del Ministro de Marina, J. B. Hobson, invitándome a tomar parte en la expedición.

Tres segundos antes de recibir esta carta, la idea de perseguir al unicornio marino estaba tan apartada de mis pensamientos como la de intentar descubrir el paso del Noroeste. Pero tres segundos después, dar caza a ese inquietante monstruo y librar al mundo de su existencia era el único objetivo de mi vida.

—¡Conseil! —grité con voz impaciente.

Conseil era mi criado, un buen flamenco de treinta años, al que yo estimaba y que me devolvía con creces ese cariño. Nunca he conocido a una persona más tranquila, ordenada, cuidadosa y habilidosa que él. Además, era mi ayudante, un auténtico especialista en clasificar especies dentro de la historia natural.

Desde hacía diez años, Conseil me había seguido allá a donde la ciencia me había llevado. Nunca había oído brotar de sus labios una queja sobre la duración o fatiga de un viaje. Pero tenía un único defecto: era formalista hasta los tuétanos y siempre se dirigía a mí en tercera persona.

—¡Conseil! —repetí mientras comenzaba a ritmo febril mis preparativos para partir.

Normalmente, a Conseil no le pedía su opinión sobre los viajes. Pero esta vez se trataba de una empresa arriesgada y de una expedición que podía prolongarse indefinidamente. Por tercera vez lo llamé y, por fin, apareció.

—¿Llamaba el señor? —dijo al entrar.

—Sí, muchacho. Prepárate y dispón mis cosas. Zarparemos dentro de dos horas.

—Como el señor guste —respondió Conseil sin inmutarse.

Le expliqué que no regresaríamos a París sino que, por el contrario, íbamos a librar a los mares del famoso narval.

—Lo que el señor haga, haré yo —respondió Conseil.

—Pero ten presente, pues no quiero ocultarte nada, que éste es uno de esos viajes de los que no siempre se regresa.

—Como disponga el señor.

Al poco tiempo, estábamos subiendo a bordo del *Abraham Lincoln*. Un marinero me condujo hasta un oficial de buen porte que me tendió la mano.

—¿El señor Pierre Aronnax? —me preguntó.

—El mismo —respondí—. ¿El comandante Farragut?

—En persona. Bienvenido a bordo, profesor.

La despedida de la fragata fue impresionante. Los muelles de Brooklyn y toda la parte de Nueva York que se asoma al East River estaban repletos de curiosos. Quinientas mil gargantas y miles de pañuelos agitados nos despedían como a héroes, hasta que la fragata se adentró en las aguas del Hudson.

Entonces la fragata, costeando por el lado de Nueva Jersey, pasó entre los fuertes, desde donde se lanzaron salvas en su honor con los cañones más potentes. La *Abraham Lincoln* respondió izando tres veces la bandera estadounidense. Luego, modificando el rumbo, cruzó Sandy Hook, donde miles de espectadores la volvieron a aclamar.

Una nube de embarcaciones de todos los tamaños seguía a la fragata y no la abandonó hasta llegar a los dos faros que señalan la entrada al canal de Nueva York.

Eran las tres de la tarde. El práctico del puerto volvió a su bote. Se avivó el fuego de las calderas, la hélice batió más rápidamente las olas y, hacia las ocho de la tarde, la fragata surcaba ya a toda máquina las sombrías aguas del Atlántico.

EN EL AÑO 1866 OCURRIÓ UN MISTERIOSO ACONTECIMIENTO. ¿DE QUÉ SE TRATABA?

VARIOS NAVÍOS SE HABÍAN TOPADO CON UN OBJETO ALARGADO Y LUMINOSO, MÁS GRANDE Y VELOZ QUE UNA BALLENA.

¡ES UN MONSTRUO MARINO!

DURANTE LOS DOS PRIMEROS MESES DE 1867, EL ASUNTO SE OLVIDÓ. PERO EL TEMA VOLVIÓ A RENACER EN MARZO DE ESE MISMO AÑO.

¡ÚLTIMAS NOTICIAS! EL MONSTRUO MARINO HA ATACADO AL SCOTIA.

EN LA ÉPOCA, YO ME ENCONTRABA EN NUEVA YORK TRAS REALIZAR UNA EXPLORACIÓN CIENTÍFICA.

¡QUÉ INTERESANTE ES ESTE ASUNTO!

MUCHAS PERSONAS ME CONSULTARON, PUES YO ERA UN EXPERTO EN HISTORIA NATURAL. POR ESTA RAZÓN, ESCRIBÍ UN ARTÍCULO.

EL CONOCIDO CIENTÍFICO FRANCÉS PIERRE ARONNAX CREE QUE EL MONSTRUO MARINO PUEDE SER UN NERVAL GIGANTE.

EL GOBIERNO DECIDIÓ LIMPIAR EL MAR DE SEMEJANTE MONSTRUO. EL MINISTRO DE MARINA ME INVITÓ A PARTICIPAR EN LA EXPEDICIÓN.

CONSEIL, PREPÁRATE. ZARPAREMOS DENTRO DE DOS HORAS.

COMO EL SEÑOR GUSTE.

CAPÍTULO DOS

¡A LA AVENTURA!

El comandante Farragut era un buen marino, digno de la fragata que capitaneaba. Su navío y él formaban una unidad, en la que él era el alma. Sobre el asunto del cetáceo no tenía ninguna duda y no permitía que a bordo se pusiera en entredicho la existencia del animal; el monstruo existía y él iba a liberar a los mares de su presencia.

Los demás oficiales de la fragata compartían la opinión de su jefe. Había que oírlos hablar, calcular las probabilidades de un encuentro y verlos observar la vasta extensión del océano.

El único desvelo de la tripulación era encontrar el unicornio marino, arponearlo, subirlo a bordo y descuartizarlo. Además, el comandante Farragut había prometido una recompensa de 2.000 dólares al primero que viera al monstruo.

Yo no les iba a la zaga y no dejaba a nadie la parte que me correspondía de mis observaciones cotidianas. El único que sobresalía por su indiferencia ante el asunto era Conseil.

La *Abraham Lincoln* iba equipada con el más moderno utillaje de pesca y no carecía de ningún medio destructivo. Y, además, contaba con una baza muy especial: a bordo iba Ned Land, el rey de los arponeros. Este canadiense, nacido en la provincia francesa de Quebec, poseía una destreza sin par en su peligroso oficio. A su gran habilidad en el manejo del arpón se unían otras cualidades: audacia, astucia y sangre fría. Aunque no era nada comunicativo, pronto me cobró un gran afecto. Poco a poco, empezó a disfrutar de la charla en nuestra común lengua. A mí me agradaba escuchar sus aventuras en los mares polares. Estos relatos nos acercaron hasta convertirnos en grandes amigos. Sin embargo, algo nos separaba. Durante una magnífica velada, tres semanas después de nuestra partida, me confesó que él no estaba convencido de la existencia del cetáceo.

La fragata estaba a la altura del cabo Blanco, a treinta millas a sotavento de las costas de la Patagonia. Habíamos cruzado el trópico de Capricornio y el estrecho de Magallanes se abría a menos de 700 millas al sur. Al cabo de ocho días, nuestra fragata debería estar surcando las aguas del Pacífico.

—Ned —le dije—, ¿cómo es posible que un ballenero como usted no pueda aceptar la existencia de los cetáceos gigantes?

—Que el vulgo crea en monstruos antediluvianos que campan por el interior del globo, pase. Pero que tales quimeras las admita el astrónomo o el geólogo no es comprensible —y Ned siguió su explicación—. De igual manera, un ballenero no puede creer semejantes patrañas.

Entonces recurrí a los datos matemáticos y dije:

–Si existen vertebrados gigantescos de varios metros de longitud y un grosor proporcional a ese tamaño, debemos concluir que su estructura ósea y la potencia de su organismo son capaces de soportar la presión de las grandes profundidades.

–Según eso –respondió Ned–, esos gigantes marinos deberían estar fabricados con planchas de acero de ocho pulgadas de grosor.

–Así es, Ned. Piense en los destrozos que puede producir una masa semejante, lanzada con la velocidad de un expreso contra el casco de un navío.

–Sí... en efecto... quizá... –contestó el canadiense, abrumado por la explicación, pero sin querer dar su brazo a torcer.

–Pero, si no existen, testarudo arponero, ¿cómo explica usted el accidente del *Scotia*?

–Pues... ¡que no es verdad! –exclamó el canadiense.

Aquel día no insistí más. El agujero en el casco del *Scotia* no se podía negar. Y como no se había hecho solo ni lo habían producido rocas submarinas ni otros ingenios, había que atribuirlo, necesariamente, al arma perforante de un animal.

Durante algún tiempo, el viaje de la fragata no se vio alterado por ningún incidente. Ned Land pudo demostrar el grado de confianza que se podía tener en él. El día 30 de junio, a la altura de las islas Malvinas, nuestra fragata comunicó con unos balleneros americanos y nos enteramos de que no habían tenido noticia alguna del narval. El capitán de uno de los barcos sabía que Ned se encontraba con nosotros y solicitó su ayuda para cazar una ballena que habían avistado. Tanto sonrió la suerte a nuestro canadiense que, en vez de una ballena, arponeó dos en una jugada doble; hirió a una certeramente en el corazón y cazó a la otra tras unos minutos de intensa persecución.

El día 3 de julio llegamos a la desembocadura del estrecho de Magallanes. Pero el comandante no quiso adentrarse por ese sinuoso paso y dobló el cabo de Hornos, maniobra que se realizó el día 6 de julio. Al día siguiente, la hélice de la fragata caracoleaba, por fin, bajo las aguas del Pacífico. El 20 de julio atravesamos el trópico de Capricornio y el 27 del mismo mes, la línea del Ecuador. La fragata se internaba así en los mares centrales del Pacífico y en el escenario donde el gigante había actuado últimamente.

Ya no se vivía a bordo. Ya nadie comía ni dormía. Toda la tripulación, durante tres meses, observó incesantemente el océano. Pero el esfuerzo fue inútil. Nada vimos que se pareciera a un narval gigante. Y entonces, el desaliento se apoderó de todos los ánimos. Los hombres de a bordo se sentían estúpidos y estaban furiosos.

El día 2 de noviembre, el comandante tuvo que prometer que, si en el plazo de tres días el monstruo no había aparecido, el timonel daría tres vueltas de rueda y la fragata regresaría a puerto. La promesa revitalizó los ánimos de los marineros. Pero llegó la noche del 4 de noviembre y, al dar las ocho en medio del silencio general, se alzó una voz. Era la voz de Ned Land que gritaba;

—¡Eh, eh! ¡Allí está la cosa! ¡A sotavento!

La tripulación entera se precipitó hacia el arponero. Todos divisamos el objeto que señalaba con la mano. El mar aparecía iluminado desde el fondo. El monstruo, sumergido a varias toesas de la superficie, desprendía un resplandor muy intenso. Aunque la fragata se alejó a toda máquina del monstruo, el gigante marino se acercó a la fragata a una velocidad superior, envolviéndonos con su polvareda luminosa.

Toda la tripulación permaneció en vilo. El narval, imitando al navío, se dejó mecer por las olas. El comandante decidió presentar combate al animal al amanecer. Hacia medianoche, el monstruo se "apagó", pero, a las dos de la madrugada, supimos nuevamente de su existencia.

A las ocho de la mañana, el comandante dio la orden de perseguir al cetáceo. No hubo forma de alcanzarlo. Se forzaron las máquinas, pero el animal parecía burlarse de nosotros.

Farragut ordenó disparar el cañón del castillo de proa. No tuvo efecto. Durante todo el día se mantuvo la persecución.

La jornada del 6 de noviembre fue muy desafortunada. Anochecía y el animal había desaparecido. A las 22.50, reapareció la claridad eléctrica. El narval parecía inmóvil. ¿Dormía? Nuestra fragata se aproximó lentamente. Cuando estábamos a unos veinte pies del animal, Ned disparó el arpón. Súbitamente, la claridad eléctrica se extinguió y dos enormes trombas de agua recorrieron, como un torrente, la cubierta de nuestra fragata de proa a popa. En su impetuoso avance, las trombas de agua derribaron hombres y destruyeron todo a su paso.

Se produjo un choque terrorífico y salí proyectado hacia el mar.

EL COMANDANTE FARRAGUT CAPITANEABA LA FRAGATA Y NO PERMITÍA QUE A BORDO SE DUDASE DE LA EXISTENCIA DEL MONSTRUO.

EL PRIMERO QUE LO VEA RECIBIRÁ UNA RECOMPENSA DE 2.000 DÓLARES.

PERO EL ARPONERO CANADIENSE NED LAND SE BURLABA DE LA EXISTENCIA DE TAN PRODIGIOSO ANIMAL.

¿POR QUÉ NO CREES EN LA EXISTENCIA DEL CETÁCEO GIGANTE?

PORQUE LOS MONSTRUOS NO EXISTEN.

TRAS MESES DE BÚSQUEDA ESTÉRIL, DECIDIMOS VOLVER A PUERTO. PERO LA NOCHE ANTES DE NUESTRO REGRESO, NED LAND ANUNCIÓ SU PRESENCIA.

¡EH, EH! ¡ESA COSA A SOTAVENTO!

EL MONSTRUO, SUMERGIDO EN LAS AGUAS, DESPRENDÍA UN RESPLENDOR MUY INTENSO.

¡ESTAD ATENTOS! LO ATACAREMOS AL AMANECER.

CUANDO EL 6 DE NOVIEMBRE VOLVIÓ A APARECER, NED DISPARÓ SU ARPÓN. ENTONCES, EL MONSTRUO LEVANTÓ UNA INMENSA TROMBA DE AGUA QUE ME ARROJÓ AL MAR.

¡SOCOOOOORRO!

CAPÍTULO TRES

UN NERVAL DE PLANCHAS DE ACERO

A pesar de aquella caída inesperada, la zambullida no me hizo perder la calma. De dos vigorosos talonazos, volví a la superficie de las aguas. Las tinieblas eran profundas, hacia el este entreví la fragata. Sus luces de posición se iban desvaneciendo en lontananza.

—¡Socorro, socorro! —grité mientras nadaba con brazadas desesperadas hacia la fragata.

De repente, una mano vigorosa me cogió de la ropa.

—Si el señor tiene la amabilidad de apoyarse en mi hombro, el señor nadará mucho más a gusto.

Era mi fiel Conseil.

—¿También a ti te ha arrojado por la borda el choque?

—De ninguna manera —dijo Conseil con aplomo—, pero, como estoy a su servicio, he seguido al señor.

Nuestra situación era desesperada. La única oportunidad de salvación era que nos recogieran los botes del *Abraham*

Lincoln. Teníamos que organizarnos para aguantar el mayor tiempo posible. La espera podía ser muy larga. Mutuamente nos ayudamos a quitarnos la ropa. Acordamos que uno de nosotros, tendido de espalda, se mantendría inmóvil con los brazos cruzados y las piernas extendidas, mientras que el otro nadaría propulsándolo hacia delante. Nos turnaríamos cada diez minutos.

Hacia la una de la madrugada se apoderó de mí un intenso cansancio. La luna apareció y la superficie del mar resplandeció. Avisté la fragata que estaba ya a unas cinco millas de distancia. Era tan sólo una masa oscura apenas perceptible; de los ansiados botes, ¡ni rastro! Quise gritar pero no pude. Conseil logró pedir varias veces socorro. Dejamos de movernos y nos paramos a escuchar. Me pareció oír un grito que contestaba al de Conseil.

—¿Has oído? —murmuré.

—¡Sí, sí, sí! —exclamó Conseil con entusiasmo.

Y Conseil lanzó al espacio una llamada más desesperada aún que las anteriores. En efecto, una voz humana volvió a contestar a la de mi criado. Conseil hizo un esfuerzo supremo y continuó remolcándome. Poco después, choqué contra un cuerpo duro y me aferré a él. Sentí que me subían a la superficie del agua y me desmayé. Rápidamente recobré el conocimiento gracias a unas vigorosas fricciones que recorrieron mi cuerpo. Entreabrí los ojos y reconocí a Conseil y a Ned.

—¡Ned! —exclamé jubiloso.

—El mismo, señor. ¡Corriendo tras la recompensa! —respondió el arponero canadiense.

Ned nos explicó que cayó al agua tras el choque de la fragata y pronto estuvo sobre el narval gigante que, sin lugar a dudas, estaba hecho de planchas de acero.

Me levanté rápidamente sobre el objeto semisumergido que nos servía de refugio. En efecto, estaba hecho de planchas de acero atornilladas. El monstruo era, por tanto, un fenómeno fabricado por la mano del hombre.

Estábamos tendidos encima de una especie de barco submarino. No se movía y se dejaba mecer por las olas. Si queríamos salvarnos, debíamos contactar con los seres que estaban dentro de aquella máquina. Pero no vimos ninguna abertura que nos permitiera ponernos en contacto con ellos. Nuestra salvación dependía sólo del capricho de los misteriosos timoneles de aquel aparato.

Hacia las cuatro de la madrugada, el barco comenzó a moverse a gran velocidad. Nos agarramos a una argolla fijada en la parte superior y aguantamos así el azote de las olas. De pronto, sentimos que, poco a poco, la nave se hundía. Gritamos y pateamos sobre la superficie metálica y la inmersión se detuvo. Se levantó una plancha y apareció un hombre que dio un grito y volvió hacia adentro rápidamente. Instantes después, ocho hombres corpulentos, con el rostro oculto, nos introdujeron en su formidable máquina. Sin mediar palabra, nos encerraron en una estancia oscura. Pasada media hora, la celda se iluminó de repente. En nuestro camarote no había más que una mesa, cinco escabeles y una estera. No se veía ninguna puerta. Todo parecía muerto en el interior del navío.

Poco después, se abrió una puerta y aparecieron dos hombres. Uno de ellos me pareció el tipo más admirable que jamás hubiera visto. Sin duda, se trataba del comandante de aquel aparato. Nos miraron con atención y hablaron entre ellos en una lengua desconocida para nosotros. El que parecía el comandante me interrogó con la mirada. Le contesté, en buen francés, que no entendía su lengua. Él pareció no comprender nada. Le hice un relato de nuestras aventuras, pero aquel hombre de ojos azules y sosegados seguía sin entender nada.

Le pedí a Ned que les hablara en inglés. Las palabras del canadiense fueron inútiles. Entonces, Conseil me dijo:

—Si el señor me da permiso, les hablaré en alemán.

—¡Cómo!, ¿sabes alemán? —pregunté admirado.

Y Conseil, con voz tranquila, relató por tercera vez las diversas peripecias de nuestra historia sin ningún éxito.

Para acabar, dispuesto ya a todo, emprendí la narración de nuestras aventuras en latín.

Cuando acabé, los dos desconocidos intercambiaron algunas palabras en su incomprensible lenguaje y se retiraron sin dirigirnos ni uno de esos gestos tranquilizadores que son comunes en todo el mundo.

Poco después, la puerta se volvió a abrir y un marinero nos trajo ropas y convirtió nuestra prisión en el comedor de un espléndido hotel. Los manjares estaban delicadamente preparados y exquisitamente servidos. Todas las piezas del servicio tenían grabada la letra N y la frase MOBILIS IN MOBILI, que significa: "Móvil en lo móvil".

Con el apetito satisfecho, mis dos compañeros se durmieron plácidamente. Yo, antes de caer rendido, traté de averiguar en qué lugar nos encontrábamos.

El primero que se despertó fui yo. El marinero había aprovechado nuestro sueño para retirar el servicio de la mesa. De repente, penetró en el camarote una corriente de aire puro a la vez que el barco se balanceaba al alcanzar la superficie de las aguas. Ned y Conseil se despertaron con el vaivén. Poco después, los tres cautivos iniciamos una violenta discusión sobre lo que debíamos hacer. Ned era partidario de escapar o adueñarnos del barco. Acordamos que así lo haríamos, pero advertí a Ned:

—Hasta que llegue la ocasión, le ruego que contenga su impaciencia. Recuerde: sólo la astucia nos hará triunfar. Prométame que aceptará la situación sin demasiada ira.

—Lo prometo —respondió Ned con un tono tranquilo.

Pero el sosiego le duró poco al arponero. Al cabo de dos horas, el hambre le atormentaba de tal manera que la ira le salía por los ojos. Por más que llamaba y gritaba, nadie respondía. El barco parecía muerto.

Mis temores iban en aumento. Conseil, sin embargo, parecía tranquilo. De pronto, se abrió la puerta y apareció el marinero de otras veces. Ned se abalanzó sobre él. Cuando Conseil intentaba retirar las manos del arponero sobre su víctima, oímos en un francés perfecto:

—¡Cálmese, señor Land! —y fijando sus ojos en mí, dijo—: Y usted, señor profesor, escúcheme, por favor.

CON BRAZADAS VIGOROSAS, ME DIRIGÍ HACIA LA FRAGATA. DE REPENTE, UNA MANO VIGOROSA ME COGIÓ DE LA ROPA.

¡CONSEIL! ¿TAMBIÉN TÚ TE HAS CAÍDO?

NO, SEÑOR. COMO ESTOY A SU SERVICIO, ME HE TIRADO EN SU BUSCA.

A LA UNA DE LA MADRUGADA, CONSEIL ME ARRASTRABA CUANDO CHOQUÉ CONTRA UN CUERPO DURO Y ME DESMAYÉ. AL POCO TIEMPO RECOBRÉ EL SENTIDO.

¿QUÉ HACES AQUÍ, NED?

¡TAMBIÉN YO CAÍ AL AGUA!

ALLÍ ESTÁBAMOS LOS TRES SOBRE EL GIGANTE. PERO NED TENÍA RAZÓN, NO ERA UN MONSTRUO SINO UN ARTEFACTO SUBMARINO.

SI QUEREMOS SALVAR LA VIDA, TENDREMOS QUE GRITAR Y PATEAR.

DE ACUERDO, SEÑOR.

AL POCO RATO, ÉRAMOS INTRODUCIDOS EN LA NAVE Y ENCERRADOS EN UNA ESTANCIA DONDE RECIBIMOS LA VISITA DE DOS HOMBRES.

SEÑOR, PARECE QUE NO ENTIENDEN NI SU FRANCÉS, NI EL INGLÉS DE NED. YO LES HABLARÉ EN ALEMÁN.

¿SABES ALEMÁN, CONSEIL?

DESPUÉS DE DESCANSAR, LOS TRES PRISIONEROS NOS ENZARZAMOS EN UNA DISCUSIÓN.

¡TENEMOS QUE HUIR!

CALMA, NED. LO HAREMOS CUANDO LA OCASIÓN SEA OPORTUNA.

DE PRONTO, SE ABRIÓ LA PUERTA Y NED SE ABALANZÓ SOBRE EL MARINERO.

¡CALMA, SEÑOR LAND!

CAPÍTULO CUATRO

El capitán Nemo
y *el Nautilus*

N ed Land se levantó súbitamente al oír estas palabras en francés. El que había hablado era el comandante del navío submarino. También se incorporó el marinero que Ned había intentado estrangular, quien salió del camarote tambaleándose. Hubo unos instantes de silencio que, finalmente, rompió el comandante.

—Señores, no sólo hablo francés sino también inglés, alemán y latín. Les podría haber contestado en el primer encuentro, pero he preferido reflexionar. Sé quiénes son ustedes y estoy al tanto de su misión. Las circunstancias les han acercado a un hombre que ha roto sus vínculos con la humanidad. Ustedes han venido a perturbarme.

Yo me disculpé y justifiqué nuestra presencia en el *Abraham Lincoln* porque un monstruo destruía barcos.

El comandante esbozó por primera vez una media sonrisa y preguntó:

—¿Acaso su fragata no habría disparado sus cañones contra un barco submarino lo mismo que contra un monstruo, señor Aronnax?

Para mis adentros pensé que el comandante Farragut no habría dudado en hacerlo. Y el desconocido añadió con cierta cólera y desdén:

—Por eso los trato como a mis enemigos. Nada me obliga a darles hospitalidad. He roto con la sociedad entera y con las normas y valores que la rigen.

Continuó hablando y comprendí que aquel hombre con su barco se había hecho independiente y era libre. Dios, si creía en él, y su conciencia, si la tenía, podrían ser sus únicos jueces.

Hubo otro largo silencio. Yo contemplaba a aquel hombre con pavor e interés. De nuevo tomó la palabra:

—Ya que la fatalidad los ha traído hasta aquí, se quedarán a bordo. Gozarán de libertad y sólo les pondré una condición: que, cuando en circunstancias extraordinarias, decida encerrarlos en sus camarotes, obedezcan sin más.

—Aceptamos —respondí yo—. Pero, ¿qué entiende usted por libertad?

—Pues la libertad de moverse, ver y observar lo que en esta nave sucede. En definitiva, la misma de la que gozamos mis compañeros y yo.

—Pero esa libertad no es más que la que tiene todo prisionero de recorrer su prisión —me atreví a decirle.

El comandante, que era de ideas fijas, nos dijo:

—Ustedes son mis prisioneros y nunca volverán a tierra, porque quiero proteger el secreto de mi existencia —y con voz más amable continuó–. Lo conozco, señor Aronnax. He leído su obra sobre los fondos marinos, pero usted no lo sabe todo. Le aseguro, profesor, que no lamentará estar en mi barco. Voy a dar la vuelta al mundo en submarino y usted será mi compañero de estudios.

No puedo negar que me halagó. Ante mi cara de complacencia, aquel hombre terminó diciendo:

–Para usted, yo soy el capitán Nemo; para mí, sus compañeros y usted son los pasajeros del *Nautilus*.

Después, llamó al marinero y pidió a Ned y a Conseil que lo acompañaran hasta el camarote que les habían asignado. Allí nos esperaba una suculenta comida.

–Y ahora, señor Aronnax, nuestro almuerzo nos está esperando –cortésmente me dijo–. Permítame que vaya delante para mostrarle el camino.

–A sus órdenes, capitán –contesté agradecido.

El comedor era un lugar severo y elegante. Había objetos artísticos de madera de ébano, cerámica, porcelana y cristal. La vajilla resplandecía bajo los rayos que derramaba el techo luminoso. El almuerzo constaba de variados y abundantes frutos del mar. El capitán Nemo me explicó detalladamente la procedencia y elaboración de cada plato. Descubrí que este hombre amaba el mar, único lugar donde se sentía libre.

Después de comer iniciamos la visita al *Nautilus*. Abandonamos el comedor y pasamos a la biblioteca. ¡Qué maravilla! Calculé que habría más de 6.000 volúmenes.

–Doce mil, señor Aronnax –precisó el capitán tras leer mi pensamiento–. Ellos son los únicos lazos que me atan a tierra.

Pero el mundo acabó para mí el día en que mi *Nautilus* se sumergió por vez primera bajo las aguas. Desde entonces, quiero creer que la humanidad ya no ha pensado ni escrito más —añadió con tono afectuoso—. Estos libros, señor profesor, están a su disposición.

Abundaban los libros de ciencia, moral y literatura. No había un solo libro de economía política.

—Esta sala también es un fumadero —dijo el capitán Nemo mientras me ofrecía un puro.

Aspiré las primeras bocanadas con el placer del que no ha fumado en dos días. Pero aquello no era tabaco. El capitán me explicó que se trataba de un alga marina.

A continuación pasamos a un salón inmenso y magníficamente iluminado: era el museo. Allí estaban reunidos variados tesoros de la naturaleza y del arte. Yo me quedé asombrado y no pude por menos que exclamar:

—¡Señor, es usted un artista!

—Como mucho, profesor, un admirador de la belleza.

Además de cuadros y esculturas, había también partituras musicales y todo tipo de productos del océano, clasificados y etiquetados. Era imposible calcular el valor de aquella colección. Supuse que el capitán Nemo había tenido que desembolsar millones y millones para adquirir tan singulares ejemplares.

Al salir del museo, me condujo hasta mi camarote. La estancia resultaba elegante y confortable con su cama, un lavabo y otros magníficos muebles. Yo le di las gracias y entonces me hizo pasar a su camarote que estaba junto al mío. ¡Qué austeridad! Tenía tan sólo lo estrictamente necesario: un lecho de hierro, una mesa de trabajo, muebles de aseo y sillas. Nada parecía demasiado confortable.

En su camarote me mostró todos los aparatos que requería el *Nautilus* para su gobierno. Aunque algunos ya los conocía, la mayoría no los había visto jamás. El capitán Nemo me explicó la utilidad de cada uno y añadió:

—Además, tengo un agente poderoso, obediente, rápido y sencillo que se adapta a todos los usos y que reina a bordo como un soberano. Todo funciona gracias a él. Ese agente es la electricidad.

Mi gesto de sorpresa le animó a continuar:

—Mi electricidad no es la que todos conocen. Yo la obtengo también del mar, mezclando sodio con mercurio.

Mi sorpresa aumentó al enseñarme la cocina, el bote de recreo, el puesto de la tripulación, el cuarto de baño y el de máquinas. Asombrado, exclamé:

—¡Ah, comandante! Su *Nautilus* es maravilloso. Pero, una pregunta, ¿cómo ha podido construirlo en secreto?

Y el capitán Nemo relató que era ingeniero, infinitamente rico, y que había encargado las distintas partes del barco a fabricantes diferentes. Más tarde, él y sus hombres las habían ensamblado en sus astilleros, situados en un islote desierto en medio del océano.

Miré a aquel extraño personaje y me pregunté si aquel hombre no estaría abusando de mi cordialidad.

CUANDO NED SOLTÓ AL MARINERO, EL COMANDANTE HABLÓ EN UN FRANCÉS CORRECTÍSIMO.

SÉ QUIENES SON USTEDES Y CONOZCO SU MISIÓN. PERO AHORA SON MIS PRISIONEROS.

YO JUSTIFIQUÉ NUESTRA PRESENCIA, PERO EL COMANDANTE CONTINUÓ.

NUNCA MÁS VOLVERÁN A TIERRA, PUES TENGO QUE PROTEGER EL SECRETO DE MI EXISTENCIA.

NEMO CONOCÍA MI OBRA SOBRE EL MUNDO SUBMARINO Y ME INVITÓ A DESCUBRIR NUEVAS MARAVILLAS.

A PARTIR DE AHORA, PROFESOR, SERÁ MI COMPAÑERO DE ESTUDIOS.

¡SE LO AGRADEZCO, SEÑOR!

DESPUÉS, ESTE EXTRAÑO PERSONAJE SE PRESENTÓ.

YO SOY EL CAPITÁN NEMO Y USTEDES, MIS PASAJEROS.

SEGUIDAMENTE, LLEVARON A NED Y A CONSEIL A SU CAMAROTE.

USTED Y YO ALMORZAREMOS EN EL COMEDOR. PASE, POR FAVOR.

GRACIAS, CAPITÁN.

TRAS LA COMIDA, ME ENSEÑÓ LA NAVE: DESDE LA BIBLIOTECA AL CUARTO DE MÁQUINAS, MI SORPRESA IBA EN AUMENTO.

¡ES MARAVILLOSA! NUNCA HE VISTO NADA IGUAL.

CAPÍTULO CINCO

DE CAZA POR EL BOSQUE SUBMARINO

El capitán Nemo quería que hiciéramos juntos este viaje. Era preciso conocer con exactitud dónde nos encontrábamos. Pulsó tres veces un timbre eléctrico y el *Nautilus* comenzó a emerger. Por la escala central llegamos a las escotillas abiertas y salimos a cubierta.

El capitán Nemo, provisto de un sextante, tomó la altura del Sol para averiguar la latitud.

—Son las doce del mediodía.

Dirigí una última mirada a aquel mar, un poco amarillento, próximo a la costa japonesa y bajamos al salón.

Una vez allí, el capitán Nemo calculó nuestra posición.

—Hoy, 8 de noviembre, a las 12 del mediodía, comienza nuestro viaje de exploración bajo las aguas. Nos encontramos a treinta y siete grados y quince minutos de longitud al oeste del meridiano de París y a treinta grados y siete minutos de latitud norte —el capitán Nemo hizo una breve pausa y prosiguió—.

He puesto rumbo esnordeste, a 50 metros de profundidad. Mi barco está a su disposición, profesor. Con su permiso, me retiraré. Lo dejo entregado a sus estudios.

Cuando me quedé solo, no pude dejar de pensar en aquel hombre. Las preguntas se agolpaban en mi mente: "¿A qué nación pertenecía? ¿Por qué tenía tanto odio a la humanidad? ¿Era un sabio desconocido? ¿Qué pretendía de nosotros?"

Entonces aparecieron en la puerta del salón Ned y Conseil. Se quedaron petrificados al contemplar las maravillas expuestas ante sus ojos.

—¿Dónde estamos? —exclamó el canadiense.

Les dije todo lo que sabía por lo que había visto y por lo que el capitán Nemo me había contado.

—¡Ni he visto, ni he oído nada de nada! —dijo el canadiense encolerizado. Ni siquiera he visto a la tripulación de este barco. ¿No será también eléctrica?

—Tranquilícese, Ned. Es imposible apoderarse o huir de este barco. Intentaremos ver qué pasa.

—¡Ver! —gritó el arponero—. Pero si no se ve nada. Avanzamos y navegamos a ciegas.

Súbitamente, se hizo la oscuridad, una oscuridad absoluta. Nos quedamos mudos. Entonces oímos el ruido de un objeto al deslizarse. Se hizo la luz a cada lado del salón y ante nuestros sorprendidos ojos apareció la profundidad marina iluminada. ¡Qué espectáculo! Acodados sobre las vitrinas, ninguno de nosotros se atrevía a romper el silencio.

—¿No quería ver, amigo Ned? Pues aquí lo tiene, ahora puede ver y contemplar a su gusto.

Durante más de dos horas, se entabló entre nosotros una animada conversación, tratando de reconocer a cada uno de los animales y plantas que aparecían ante nuestros incrédulos ojos.

De repente, se encendió la luz del salón. Las escotillas metálicas se cerraron y la encantadora visión desapareció.

Yo esperaba ver al capitán Nemo de un momento a otro, pero no se presentó. Ned, Conseil y yo regresamos a nuestros camarotes. Cené a las cinco de la tarde, después leí, escribí y reflexioné, hasta que quedé vencido por el sueño.

Al día siguiente, 9 de noviembre, me desperté tras un largo sueño de doce horas. Vino Conseil a saber "cómo había pasado la noche el señor" y a ofrecerme sus servicios. Me vestí con mi traje de biso, fabricado con los filamentos brillantes y sedosos que unen a las rocas las nacras, una especie de conchas muy abundantes en las orillas del Mediterráneo. La tripulación del *Nautilus* podía vestirse a buen precio y con elegancia, sin pedir nada ni a los algodoneros, ni a la ovejas, ni a los gusanos de seda de tierra.

Durante toda la jornada estuve sumergido en el estudio de aquel tesoro expuesto en las vitrinas del salón. El capitán Nemo no me hizo el honor de visitarme. Las escotillas del salón permanecieron cerradas y el rumbo del *Nautilus* se mantuvo en esnordeste, su velocidad a 12 millas y su profundidad entre 50 y 60 metros.

Al día siguiente, 10 de noviembre, la misma soledad y abandono. Ned y Conseil también estaban sorprendidos por la inexplicable ausencia del capitán. ¿Qué estaba sucediendo?

Aquel día inicié el diario de estas aventuras, así las puedo contar hoy con mayor precisión. Lo hice sobre papel fabricado con la zostera marina.

El 11 de noviembre, el *Nautilus* volvió a la superficie para renovar sus provisiones de oxígeno. Subí a cubierta. Eran las seis de la mañana y, cuando la bruma se aclaró, pude contemplar un alegre amanecer. El segundo del capitán subió también a cubierta, escrutó todos los puntos del horizonte con su poderoso catalejo, se acercó a la escotilla y dijo:

—*Nautron respoc lorni virch.*

Tras estas palabras incomprensibles para mí, el segundo de a bordo descendió. Yo bajé por las escotillas y regresé a mi camarote.

Y así pasaron cinco días más. Ya me había convencido de que no volvería a ver al capitán Nemo cuando, el día 16, recibí una carta en la que nos invitaba a ir de caza a la isla de Crespo. Nuestra satisfacción, curiosidad y sorpresa fueron unánimes.

Al día siguiente, sentí que el *Nautilus* estaba absolutamente inmóvil. Me vestí rápidamente y entré en el gran salón. El capitán Nemo me esperaba. Lo seguí hasta el comedor. Durante la copiosa comida, el capitán me explicó todos los principios físicos en los que se basaban sus inventos para poder cazar de verdad en los bosques submarinos. Después me condujo hacia la popa del *Nautilus*. Llamamos a Ned y a Conseil y llegamos a una cabina en donde debíamos ponernos los trajes para la cacería.

Vinieron dos hombres de la tripulación y nos ayudaron a ponernos aquellos trajes impermeables, preparados para soportar presiones considerables. Al mismo tiempo eran armaduras flexibles y resistentes. También recibimos cada uno un fusil de aire comprimido y una caja de proyectiles eléctricos.

Instantes después pisábamos el fondo del mar. No tengo palabras para explicar mis impresiones y describir las maravillas que contemplé.

Todos seguimos al capitán Nemo. Durante algo más de hora y media, caminamos sobre una superficie plana de una arena finísima y a través de unas aguas claras que nos mostraban un paisaje mágico.

Después, el suelo descendió. El capitán Nemo se detuvo y señaló con el dedo unas masas oscuras que surgían en la penumbra a corta distancia; era el bosque de la isla de Crespo. Hasta las 4 de la tarde estuvimos en aquel auténtico bosque, en el que cazamos una magnífica nutria marina, tuvimos que matar a una monstruosa araña de mar y escapamos, de milagro, de un par de tintoreras.

Ya en el *Nautilus,* regresé a mi camarote extenuado, pero fascinado por aquella sorprendente expedición al fondo de los mares.

EL CAPITÁN NEMO QUERÍA QUE HICIÉRAMOS JUNTOS ESTE VIAJE.

HOY, 8 DE NOVIEMBRE, A LAS 12 DEL MEDIODÍA, COMIENZA NUESTRO VIAJE DE EXPLORACIÓN.

CUANDO ME REUNÍ CON NED Y CONSEIL, EL CANADIENSE ESTABA COLÉRICO.

TRANQUILÍCESE, NED. NO PODEMOS HUIR. VAMOS A VER QUÉ PASA.

¡VER! AQUÍ NO SE VE NADA.

DE PRONTO, SE HIZO LA OSCURIDAD Y, AL INSTANTE, LA LUZ ILUMINÓ LAS PROFUNDIDADES MARINAS.

¡QUÉ MARAVILLA!

¡QUÉ BELLEZA!

¡QUÉ ESPECTÁCULO!

LOS DÍAS SIGUIENTES ME DEDIQUÉ AL ESTUDIO Y NADA SUPE DE NEMO. POR FIN, RECIBÍ UNA NOTA.

EL CAPITÁN NOS INVITA A IR DE CAZA A LA ISLA DE CRESPO.

AL DÍA SIGUIENTE, PISÁBAMOS EL FONDO DEL MAR. NO HAY PALABRAS PARA DECRIBIR AQUELLA JORNADA DE PESCA.

CAPÍTULO SEIS

Cuatro mil leguas bajo el Pacífico

Al día siguiente por la mañana, 18 de noviembre, ya me había recuperado del cansancio de la víspera. Subí a cubierta. Allí estaba el segundo del *Nautilus*. Volvió a pronunciar su frase: "Nautron respoc lorni virch" y pensé que quería decir: "Nada a la vista".

También llegó a cubierta el capitán Nemo, que pareció no verme, y una veintena de hombres vigorosos, de nacionalidades diferentes y parcos en palabras. Aquellos hombres izaron las redes a bordo que, arrastradas por sus brazos de hierro, barrían el fondo del océano recogiendo todos los productos que encontraban a su paso. Calculé que la red acarreaba más de mil libras de pescado.

Me disponía a volver a mi camarote cuando el capitán Nemo se me acercó y, sin saludarme, empezó a reflexionar en voz alta sobre las extraordinarias propiedades del mar. Según hablaba se iba transfigurando y provocaba en mí una extraordinaria emoción.

–¡En el mar –añadió–, está la verdadera existencia! Yo podría concebir la fundación de ciudades náuticas que, como el *Nautilus*, emergerían cada mañana a la superficie del mar para respirar. ¡Ciudades independientes y libres!

Se calló un instante y dirigiéndose a mí dijo:

–Bien, profesor. Espero, a partir de hoy, mostrarle cosas más extraordinarias de las que hasta ahora ha visto.

Dicho esto, se dirigió hacia la escotilla y desapareció por la escala. Lo seguí y volví al gran salón.

Durante las semanas siguientes, el capitán Nemo no fue pródigo en visitas. Sólo lo vi de vez en cuando.

Conseil y Ned Land pasaban mucho tiempo conmigo. Yo estaba deseando hacer otra excursión submarina. Casi a diario, durante algunas horas, se abrían las escotillas del salón y nuestros ojos no se cansaban de admirar los misterios del mundo submarino.

El *Nautilus* mantenía rumbo sudeste entre cien y ciento cincuenta metros de profundidad, aunque un día descendió hasta los dos mil metros.

El 26 de noviembre, a las tres de la mañana, cruzamos el trópico de Cáncer a 172 grados de longitud. Habíamos navegado ya 4.860 leguas desde nuestro punto de partida. El 1 de diciembre cortamos el ecuador a 142 grados de longitud.

Entre el 4 y el 11 de diciembre, el *Nautilus* recorrió, aproximadamente, dos mil millas. A lo largo de la travesía, el mar nos fue mostrando su maravilloso espectáculo cambiante. Durante la jornada del día 11 de diciembre, estábamos en el salón con las escotillas entreabiertas cuando, de pronto, vimos un barco que se había ido a pique. Su naufragio había ocurrido recientemente. El espectáculo era tristísimo. En el puente yacían algunos cadáveres amarrados con cuerdas. Conté cuatro hombres y una mujer con un niño en brazos. Permanecimos en silencio y en su casco pudimos leer: *Florida Sunderland.*

Este terrible espectáculo inauguraba una serie de catástrofes marinas que el *Nautilus* iba a encontrar en este viaje. En nuestro recorrido atravesamos los archipiélagos de los mares de China y Japón: Pomotú, Sociedad, Tonga...

El 25 de diciembre, el *Nautilus* navegaba en medio del archipiélago de las Nuevas Hébridas, descubiertas por Quirós en 1606. Me dio la impresión de que Ned Land añoraba las celebraciones familiares de estas fechas.

El día 27, el capitán Nemo entró en el salón y me anunció que habíamos llegado a la isla de Vanikoro, donde se perdieron los navíos de La Pérouse en 1785. Durante la noche del 27 al 28 de diciembre, abandonamos estos parajes a una velocidad excesiva. Pusimos rumbo al sudoeste y, en tres días, el *Nautilus* recorrió sin dificultad las 750 leguas que nos separaban de Papuasia.

El día de Año Nuevo de 1868, muy temprano, Conseil y yo nos encontramos en la plataforma de la nave.

—Señor —me dijo mi fiel criado—, ¿me permite que le desee un feliz Año Nuevo?

—¡Claro que sí, Conseil! Como si estuviésemos en París. Agradezco tu felicitación. Pero, ¿qué entiendes, en estos momentos, por un feliz año? ¿Será éste el año en que finalizará nuestro cautiverio? ¿Seguiremos viajando incansablemente por las profundidades del mar?

–Señor, no sé qué responderle. Desde hace dos meses no hemos tenido tiempo de aburrirnos. El capitán Nemo no nos molesta. Un buen año sería el que nos permitiera acabar de ver las maravillas marinas.

–Quizá necesitaríamos más tiempo –dije yo–. ¿Qué piensa Ned?

–Lo contrario que yo. En él manda su estómago. Mirar a los peces no le basta. La falta de vino y de carne no agradan a un sajón acostumbrado a la carne y la ginebra.

–Yo también estoy a gusto, Conseil.

El 2 de enero, ante el espolón del *Nautilus,* se abrían los peligrosos parajes del mar de Coral. El 4 del mismo mes, avistamos las costas de Papuasia. El capitán Nemo me indicó que su intención era entrar en el océano Índico por el estrecho de Torres. El capitán adoptó todas las precauciones necesarias para su travesía y, aunque tiene unas treinta y cuatro leguas de anchura, está obstruido por una incalculable cantidad de islas, islotes rompientes y rocas que hacen la navegación casi impracticable.

El día 4 de enero subimos a cubierta para disfrutar de la travesía. El propio capitán Nemo gobernaba la nave. El mar hervía furibundo. La situación era extremadamente peligrosa y el *Nautilus* parecía deslizarse como por encanto entre los numerosísimos escollos de coral.

Eran las tres de la tarde y el barco avanzaba lentamente. Estábamos cerca de la isla de Gueboroan. De repente, caí derribado por un choque. El *Nautilus* acababa de embestir a una roca y se había quedado inmóvil, ligeramente escorado a babor.

Cuando me incorporé, vi en la plataforma al capitán Nemo y al segundo de a bordo. Evaluaban la situación del barco, hablando en su incomprensible idioma. Decidieron esperar tranquilamente hasta la marea del día 9, para que el barco se reflotara de nuevo.

Con este accidente, Ned vio la oportunidad de escapar del *Nautilus* y así me lo hizo saber.

—Querido Ned —respondí—, yo no he perdido como usted la confianza en el valiente *Nautilus*. La idea de huir podría ser oportuna si nos encontráramos frente a Inglaterra o Provenza.

—Pero, ¿no podríamos al menos tocar tierra?

Me pareció una buena idea y, para mi sorpresa, el capitán Nemo nos concedió el permiso. Puso a nuestra disposición el bote para la mañana siguiente. Así, el 5 de enero, armados con hachas y fusiles, salíamos del *Nautilus*. Conseil y yo remábamos, y Ned manejaba el timón para evitar un choque contra las rocas.

Ned, loco de alegría, repetía una y otra vez:

—¡Carne! ¡Vamos a comer carne!

A las ocho y media de la mañana, el bote se posaba sobre una playa de arenas finísimas.

18 DE NOVIEMBRE: YA ME HABÍA RECUPERADO DEL CANSANCIO DEL DÍA ANTERIOR.

PROFESOR, ESPERO MOSTRARLE, A PARTIR DE HOY, COSAS MÁS EXTRAORDINARIAS DE LAS QUE HASTA AHORA HA VISTO.

EL DÍA DE AÑO NUEVO DE 1868, CONSEIL Y YO NOS ENCONTRAMOS EN CUBIERTA.

SEÑOR, FELIZ AÑO NUEVO.

MUCHAS GRACIAS, CONSEIL.

ATRAVESAMOS EL MAR DE CORAL. EL BARCO NAVEGABA LENTAMENTE POR ENTRE LOS ESCOLLOS.

¿QUÉ HA SUCEDIDO? ¡HEMOS ENCALLADO!

PRAK

CON ESTE ACCIDENTE, NED VIO LA OPORTUNIDAD DE ESCAPAR.

LA IDEA DE HUIR NO ES OPORTUNA EN ESTOS PARAJES SALVAJES.

PERO... ¿PODRÍAMOS TOCAR TIERRA?

PEDÍ PERMISO AL CAPITÁN NEMO Y ME LO CONCEDIÓ. A NUESTRA DISPOSICIÓN PUSO UN BOTE, HACHAS Y FUSILES.

¡CARNE, CARNE! ¡POR FIN COMEREMOS CARNE!

CAPÍTULO SIETE

Unos días en tierra

N uestro gozo al pisar tierra fue enorme. En unos minutos, nos adentramos en la isla de Gueboroan de Papuasia y llegamos hasta el borde de un bosque admirable. Los enormes árboles se entrelazaban mediante guirnaldas de lianas, auténticas hamacas naturales mecidas por una dulce brisa. Había mimosas, ficus, tecas, hibiscos, pandáneos y palmeras. A sus pies crecían orquídeas, algunas leguminosas y helechos.

Pero Ned dejó lo agradable por lo útil. Vio un cocotero, echó abajo alguno de sus frutos, los partió y bebimos su leche y comimos su pulpa con deleite. Era nuestra protesta contra el régimen alimenticio del *Nautilus*.

Fuimos penetrando por las sombrías bóvedas del bosque y, durante dos horas, lo recorrimos en todos los sentidos. También comimos y recolectamos los frutos del árbol del pan, bananas, mangos y piñas.

—Todas estas verduritas no pueden valer por una comida —comentó Ned con tono irónico—. Son sólo el postre y falta la sopa y el asado.

Pero era la hora de regresar. A las cinco de la tarde, cargados con todas nuestras riquezas y abandonamos la isla; media hora después estábamos en el *Nautilus*.

No apareció nadie a nuestra llegada. El barco parecía desierto. Bajé a mi camarote, comí la cena que me estaba esperando y me dormí.

Al día siguiente, 6 de enero, no había ninguna novedad a bordo. Decidimos regresar a la isla de Gueboroan. Ned esperaba tener suerte como cazador. Desembarcamos y nos dejamos dirigir por el instinto de Ned.

Atravesamos una tupida pradera y llegamos hasta un bosquecillo animado por el trino y el vuelo de numerosísimas aves: papagayos, cotorras, cacatúas, periquitos, cálaos y papúas. ¡Eran bellas, pero poco comestibles! Más adelante pudimos ver aves del paraíso.

Hacia las once de la mañana no habíamos cobrado ni una pieza. El hambre nos daba punzadas en el estómago. Afortunadamente, Conseil logró matar un pinchón blanco y una torcaz que desplumamos y ensartamos en un hierro alargado para asarlos al fuego.

—Las palomas no son más que aperitivos y tapas. Así que, hasta que no haya conseguido un animal con chuletas, no estaré contento.

—Ni yo, Ned. Yo no estaré satisfecho hasta que atrape un ave del paraíso.

Seguimos nuestra búsqueda. Conseil cazó, por casualidad, un ave del paraíso que estaba borracha de tanto comer nueces moscadas. Poco después, Ned mató un jabalí y algunos canguros-conejos. A las seis de la tarde volvimos a la playa y Ned se ocupó de preparar una excelente cena: chuletas de jabalí y canguro, pasta de sagú, pan del artocarpo, mango y piña.

—¿Y si no regresamos esta noche al *Nautilus?* —dijo Conseil.

—¿Y si no regresamos nunca? —añadió Ned.

Pero en ese momento, una piedra cayó a nuestros pies y rompió la propuesta del arponero.

—¡Son salvajes! —dijo Conseil.

—¡Al bote! —exclamé mientras huía hacia el mar.

Era preciso correr. Una veintena de nativos, armados con arcos y hondas, aparecieron al borde del bosquecillo. Veinte minutos más tarde estábamos en el interior de nuestro barco. En el salón estaba el capitán tocando su órgano. No dio ninguna importancia a nuestro encuentro con los indígenas. La noche transcurrió sin ningún contratiempo. A las seis de la mañana del 8 de enero, subí de nuevo a cubierta. Los indígenas, más numerosos, seguían en la playa. Algunos estaban en los arrecifes coralinos próximos al *Nautilus.*

Así pues, aquel día el bote no abandonó la nave. El hábil canadiense pasó el día preparando las carnes que había traído de la isla. Los salvajes se fueron agrupando en la playa; Conseil y yo nos dedicamos a pescar. Tan distraídos estábamos en nuestra tarea que no nos percatamos de que una veintena de piraguas rodeaban al *Nautilus.*

—Voy a avisar al capitán Nemo —dije yo, mientras entraba por la escotilla.

El capitán estaba en su camarote y, simplemente, ordenó cerrar las escotillas del barco. Después, tuvimos una amistosa y larga conversación sobre la certeza de que el *Nautilus* reflotaría al día siguiente.

Durante la noche, los salvajes siguieron pisoteando la plataforma. A las seis de la mañana me levanté. A las dos y treinta minutos de la tarde, el capitán Nemo dio la orden de partir. Los papúas seguían en la cubierta. El capitán mandó abrir las escotillas. Cuando los salvajes quisieron penetrar, una descarga eléctrica les hizo desistir.

El *Nautilus*, elevado por las últimas ondulaciones de la corriente, abandonó su lecho en el minuto cuarenta fijado por el capitán. Y continuamos el viaje, realizando múltiples experimentos relacionados, sobre todo, con las características de las aguas marinas.

El 16 de enero, el *Nautilus* pareció dormirse a tan sólo unos metros por debajo del nivel del mar. Sus aparatos eléctricos dejaron de funcionar y su hélice inmóvil hacía que la nave vagara a merced de la corriente. El *Nautilus* flotaba en medio de una capa fosforescente producida por miríadas de animalillos luminosos que podíamos ver desde el gran salón.

La vida a bordo nos parecía tan sencilla y natural que no imaginábamos ya que hubiera una vida diferente en la superficie del globo terrestre. Pero un suceso vino a recordarnos lo extraño de nuestra situación.

El 18 de enero, el capitán nos pidió que nos recluyéramos en el camarote de nuestro primer día. ¿Cuál era el motivo? Cenamos apesadumbrados y nos dormimos.

Al despertar al día siguiente, me extrañó encontrarme en mi camarote. ¿Volvía a ser libre?

Hacia las dos de la tarde, el capitán Nemo vino a mi camarote y me preguntó;

—¿Es usted médico, señor Aronnax, como muchos de sus colegas?

—Así es —dije yo—. Soy médico y he trabajado como interno en algunos hospitales.

El capitán Nemo me pidió que atendiera a uno de sus hombres. No era exactamente un enfermo sino un herido. No tenía remedio. Se moriría dentro de unas horas.

—¿Cómo se hizo esta herida? —pregunté.

—¡Qué más da! —replicó evasivo—. Un choque ha roto una de las palancas del motor y alcanzó a este hombre.

Al día siguiente, el capitán nos pidió hacer una excursión submarina. Recordando la anterior, nos entusiasmamos. Esta vez fue una excursión al reino del coral. Tras dos horas de marcha, nos detuvimos en un ancho claro. En medio de aquel lugar, en un pedestal de rocas hacinadas toscamente, se alzaba una cruz de coral rojo. Entonces lo comprendí todo. El capitán Nemo, los suyos y nosotros estábamos asistiendo al entierro de su compañero en el fondo inaccesible del océano.

¡TIERRA! QUÉ ALEGRÍA PISAR DE NUEVO EL SUELO Y ANDAR BAJO LOS ENORMES ÁRBOLES DE LA ISLA DE GUEBOROAN.

¡QUÉ RICO ESTÁ EL COCO!

ESTAS VERDURITAS SON SÓLO EL POSTRE. NOS FALTA LA SOPA Y EL ASADO.

EL DÍA 6 VOLVIMOS DE NUEVO A LA ISLA. NOS MORÍAMOS DE HAMBRE. CONSEIL CAZÓ UNAS PALOMAS.

HAY QUE CAZAR ALGO QUE TENGA FILETES.

¡AL BOTE, AL BOTE!

NED MATÓ UN JABALÍ. MIENTRAS PREPARÁBAMOS LA CENA, HABLAMOS SOBRE LA POSIBILIDAD DE HUIR. PERO UNA VEINTENA DE SALVAJES NOS DEVOLVIÓ A LA REALIDAD.

A LA TARDE SIGUIENTE, EL *NAUTILUS* SE SUMERGIÓ DE NUEVO EN EL MAR.

¡MIRA, MIRA! SON PECECILLOS FOSFORESCENTES.

EL 18 DE ENERO, EL CAPITÁN NEMO SE PRESENTÓ EN MI CAMAROTE.

¿ES USTED MÉDICO?

SÍ, SEÑOR.

ATENDÍ A UNO DE SUS HOMBRES, PERO MURIÓ A LAS POCAS HORAS. LO ENTERRAMOS EN LAS PROFUNDIDADES MARINAS.

CAPÍTULO OCHO

UNA OSTRA GIGANTE

La conmovedora escena del cementerio de coral me hizo comprender que la vida del capitán Nemo transcurría por entero en el seno del mar. Este hombre no se había olvidado de preparar su tumba en el más impenetrable de sus abismos. ¿Por qué tanta desconfianza hacia la sociedad humana? ¿A quién servía esta formidable máquina? ¿Nemo era víctima o verdugo?

Nosotros, a pesar del fastuoso viaje, éramos, lisa y llanamente, prisioneros tratados con cortesía; así que no podíamos desaprovechar la primera ocasión para escapar. Pero, ¿llegaría alguna vez esa ocasión? Yo incluso la temía porque, de producirse, perdería la oportunidad de seguir descubriendo este mundo fantástico.

Continuamos atravesando las aguas del océano Índico. A cualquier persona los días a bordo le hubieran parecido monótonos. Para mí transcurrían con demasiada velocidad. El barco seguía rumbo oeste y nuestra salud se mantenía en perfecto estado. Durante algunos días, pudimos comer aves acuáticas y tortugas marinas, y observar peces que jamás habían visto nuestros asombrados ojos.

El 24 de enero, estábamos bastante cerca de la península Indostánica.

—Tierras civilizadas —me dijo Ned Land—. Aquí hay carreteras, ferrocarriles y ciudades. Seguro que encontraríamos a alguien que nos ayudase. ¿No ha llegado ya el momento de abandonar al capitán Nemo?

—No, Ned, no —respondí en tono muy firme—. Esperemos que las cosas se presenten por sí solas.

Nuestra marcha se volvió más lenta, más profunda. Llegamos a descender 2.000 y 3.000 metros. El 26 de enero, una legión de escualos nos acompañó durante la travesía. Ned quería ir a la superficie a arponear a aquellos monstruos.

Al día siguiente, contemplamos un siniestro espectáculo. Muchos cadáveres flotaban en la superficie del agua. Eran los muertos de los pueblos indios arrastrados por el Ganges.

El 28 de febrero nos encontrábamos frente a las costas de Ceilán. El capitán Nemo, con intención de agradarnos, nos propuso una nueva excursión: conocer las pesquerías de ostras del banco de Manaar.

—Iremos armados porque tal vez podamos cazar algún tiburón —comentó el capitán con cierta ironía.

A Ned y a Conseil les atraía la idea de hacerse ricos encontrando una gran perla. Sin embargo, yo pasé la noche soñando con enormes mandíbulas.

A las cuatro de la mañana del día siguiente, me despertó el marinero que el capitán Nemo había puesto a mi servicio. Me levanté y me vestí rápidamente. En el salón, me esperaba ya el capitán que, al verme, me dijo:

—Ya está preparado el bote que nos conducirá al lugar del desembarco. En él llevamos el equipo de buceo.

Nos fuimos a cubierta. Allí estaban Ned, Conseil y cinco marineros del *Nautilus*. Aún era noche cerrada. El bote se dirigió hacia el sur. Todos permanecimos callados. ¿En qué pensaba el capitán Nemo? Tal vez en la tierra a la que amaba más de lo que él creía.

Hacia las cinco y media, los primeros rayos de luz hicieron que se percibiera la línea superior de la costa. Era llana al este y se elevaba al sur. Sólo cinco millas nos separaban de ella. Entre la tierra y nosotros, el mar estaba desierto. Reinaba una profunda soledad en el lugar donde se daban cita los pescadores de perlas.

A las seis, se hizo de día súbitamente. El capitán Nemo ordenó largar el ancla. La cadena apenas corrió, pues el fondo no distaba más de un metro. Entonces comentó:

—Ya hemos llegado, señor Aronnax. Dentro de un mes, aquí se reunirán los pesqueros y sus buzos se sumergirán a buscar perlas. Vamos a ponernos las escafandras.

Poco después, los marineros nos ayudaron a descender del bote. Nuestro equipo se componía de escafandras y un cuchillo de una hoja muy resistente. Además, Ned empuñaba un enorme arpón. Descendiendo por una suave pendiente, desaparecimos bajo las aguas.

En las entrañas marinas recobré la paz y la seguridad. La facilidad de mis movimientos hizo que aumentara mi confianza. El espectáculo cautivó mi imaginación. Las aguas eran claras y hacían visibles hasta los más insignificantes objetos. Tras diez minutos de caminata, nos encontrábamos a cinco metros de profundidad. El suelo era plano. A nuestro paso se levantaban bancos de peces monópteros que sólo tienen la aleta caudal.

Hacia las siete comenzamos a recorrer el banco de madreperlas, donde las ostras perlíferas se reproducen por millones. El capitán Nemo me mostró con la mano ese prodigioso amontonamiento de madreperlas y comprendí que aquella mina era inagotable. Ned, fiel a su instinto, se apresuraba en llenar, con los más bellos moluscos, una red que llevaba consigo. Pero teníamos que seguir al capitán Nemo y no podíamos detenernos.

De pronto, se abrió ante nuestra vista una enorme gruta. El capitán Nemo entró y nosotros lo seguimos. Mis ojos se acostumbraron inmediatamente a su oscuridad. Descendimos por una pendiente bastante pronunciada. El capitán se detuvo y nos señaló un objeto. Era una ostra de dimensiones extraordinarias: un pilón de más de dos metros de anchura. Era evidente que el capitán conocía la existencia de aquel bivalvo. Me mostró la perla que tenía dentro aquel animal. Era del tamaño de una nuez de coco. Calculé su valor en diez millones de francos, por lo menos.

A continuación iniciamos el regreso. Llevábamos casi diez minutos de marcha, cuando el capitán Nemo se detuvo repentinamente. A cinco metros de nosotros, un indio se sumergía y volvía a emerger con las ostras recogidas del fondo. Nos ocultamos para observarlo. Sólo permanecía bajo el agua treinta segundos. Me pareció un trabajo durísimo. De pronto, el indio hizo un gesto de terror. Un tiburón, a toda velocidad, se aproximaba hacia él. El capitán Nemo, puñal en mano, se enfrentó al terrorífico animal. El combate fue terrible. Ned intervino con su arpón y el animal, herido en el corazón, sucumbió. El capitán reanimó al indio aturdido por el golpe y le entregó un saquito de perlas.

De nuevo a bordo del *Nautilus,* el capitán Nemo se dirigió al canadiense.

—Gracias, señor Land.

—Es mi revancha, capitán. Se lo debía.

Ya en mi camarote, no podía dejar de pensar en lo que había ocurrido. Llegué a la conclusión de que el capitán era un hombre muy valiente y que se compadecía del miedo y del dolor de los seres humanos. Estaba claro que no había matado totalmente su corazón.

Al día siguiente, le hice estas observaciones y me respondió con emoción:

—Ese indio, señor profesor, es un habitante del país de los oprimidos. Y yo, señor, sigo siendo y seré hasta el último aliento de ese país.

SIGUIERON PASANDO LOS DÍAS Y EL DESEO DE HUIR FUE AUMENTANDO.

PROFESOR, YA HA LLEGADO EL MOMENTO DE ABANDONAR EL *NAUTILUS*

NO, NED, ES MEJOR QUE ESPEREMOS.

EL 28 DE ENERO NOS ENCONTRÁBAMOS FRENTE A LAS COSTAS DE CEILÁN.

MAÑANA CONOCERÁN USTEDES LAS PESQUERÍAS DE OSTRAS DEL BANCO DE MANAAR.

PROVISTOS DE ESCAFANDRAS Y UN CUCHILLO, NOS SUMERGIMOS EN LAS AGUAS. EL CAPITÁN NEMO NOS LLEVÓ A UNA CUEVA SORPRENDENTE.

A NUESTRO REGRESO, EL CAPITÁN NEMO SALVÓ A UN POBRE INDIO DE ACABAR SUS DÍAS EN LAS FAUCES DE UN TIBURÓN.

VOLVIMOS AL *NAUTILUS*

GRACIAS, SEÑOR LAND, POR SALVARME LA VIDA.

CAPITÁN, SE LO DEBÍA.

AL DÍA SIGUIENTE...

CAPITÁN, TIENE UN GRAN CORAZÓN.

ESE INDIO, COMO YO, ES UN HABITANTE DEL PAÍS DE LOS OPRIMIDOS.

CAPÍTULO NUEVE

Un paso secreto entre el mar rojo y el mediterráneo

E l *Nautilus* llevaba ya 7.000 leguas recorridas desde nuestro punto de partida, en los mares del Japón. Nos dirigíamos hacia el mar de Omán, que separa Arabia de la península Indostánica y que sirve de desembocadura al golfo Pérsico. Era una ruta sin salida posible. ¿A dónde nos quería llevar el capitán Nemo?

Durante cuatro días, hasta el 3 de febrero, el *Nautilus* navegó por el mar de Omán a diferentes velocidades y profundidades. El 5 de febrero, pasamos por fin al golfo de Adén, verdadero embudo introducido en el cuello de botella de Bab el Manbed, por donde las aguas indias penetran en el mar Rojo. Así, el 6 de febrero, navegábamos frente a Adén. Yo estaba convencido de que, tras llegar a ese punto, retrocederíamos. Pero con gran sorpresa, comprobé que me equivocaba; al mediodía del día 7, entrábamos en las aguas del mar Rojo con sus 1600 km de longitud y una anchura media de 240 km.

En tiempos de los Ptolomeos y de los emperadores romanos, fue la gran arteria comercial del mundo.

El *Nautilus* tomó una velocidad mediana, bien manteniéndose en la superficie, bien sumergiéndose para evitar algún buque; de esta forma pude observar el interior y la superficie de este mar tan curioso.

El barco se acercó a las costas africanas, donde la profundidad del mar es mayor. Con las escotillas abiertas, pudimos contemplar numerosas colonias de corales brillantes y enormes peñascales revestidos de un espléndido manto verde de algas y fucos. El espectáculo era indescriptible y la variedad de paisajes subacuáticos, enorme.

Pasé momentos deliciosos frente al cristal del salón. Admiré múltiples y desconocidas muestras de fauna y flora submarina: fúngicas agariciformes, actinias de color de pizarra y millares de esponjas comunes.

Las aguas predilectas para las esponjas son las del Mediterráneo, las del archipiélago griego, las de las costas de Siria y las del mar Rojo. Como yo no podía esperar estudiar esos zoófitos en las Escalas de Levante, de las que nos separaba el infranqueable istmo de Suez, me contenté con observarlas en las aguas del mar Rojo.

Entonces llamé a Conseil para que me ayudara con su sabiduría a conocer mejor estas especies submarinas.

El 9 de febrero, el *Nautilus* flotaba en la parte más ancha del mar Rojo, comprendida entre Suakin, en la costa oeste y al-Qunfidhah en la costa este, que tiene un diámetro de 190 millas.

Mi impaciencia iba en aumento: quería saber a dónde nos dirigíamos. Así que decidí hablar con el capitán Nemo. Al mediodía me hice el encontradizo en la plataforma e iniciamos una conversación sobre la importancia histórica del mar Rojo en las comunicaciones. En un momento dado le dije:

—Bien, capitán. Los antiguos no fueron capaces de reunir el Mediterráneo y el Índico. Pero el señor de Lesseps, dentro de poco, va a convertir a África en una inmensa isla.

—En efecto, puede usted estar orgulloso de su compatriota. Pero yo no le puedo conducir a través del canal de Suez porque aún no lo han acabado; sin embargo, usted verá las escolleras de Port Said pasado mañana.

—¡No es posible! —exclamé.

—¿De qué se sorprende? —me preguntó burlonamente el capitán.

—Me sorprende imaginar que estaremos allí pasado mañana. La velocidad del *Nautilus* tiene que ser vertiginosa para dar la vuelta a África y doblar el cabo de Buena Esperanza en tan sólo dos días.

—Pero, ¿quién habla de doblar el cabo de Buena Esperanza?

—¡Pues no lo entiendo! —exclamé desconcertado y añadí en tono de sorna—. A no ser, claro está, que el *Nautilus* vaya por tierra firme y pase por encima del istmo...

—O por debajo, señor Aronnax —respondió el capitán Nemo.

Entonces me explicó con orgullo que él había descubierto un paso subterráneo llamado *Arabian Tunnel* y que lo había utilizado ya en varias ocasiones. Este paso arranca debajo de Suez y acaba en la bahía de Pelusio.

–¿Sería una indiscreción preguntarle cómo ha descubierto usted ese túnel?

–Señor –respondió el capitán–, no puede haber ningún secreto entre personas que no van a separarse nunca.

Relató seguidamente que había observado que en el mar Rojo y en el Mediterráneo las especies de peces son idénticas.

–Pesqué un gran número de peces cerca de Suez. Les puse un anillo de cobre en la cola y los arrojé de nuevo al mar. Meses más tarde, recuperé algunos en las costas de Siria.

Aquí acabó nuestra interesante conversación. Cuando se lo conté a mis compañeros, éstos no salían de su asombro.

El día 10 lo pasamos cazando. Nos encontramos con el ser más curioso del mar Rojo: un dugongo. El capitán Nemo nos autorizó y nos proporcionó el bote para que Ned arponease al animal que, además, tiene una carne deliciosa. La caza fue peligrosa porque este animal de más de 5.000 kilos se enfrentó a nosotros.

A las cinco de la tarde del día siguiente, avistamos el monte Horeb y, a las nueve y cuarto, el barco emergió para tomar aire antes de entrar en el túnel. Poco después, el capitán Nemo se situó junto al timonel para dirigir personalmente esta peligrosa travesía. A mí me invitó a estar a su lado. Ya dentro del túnel, a las diez y cuarto, el propio capitán Nemo se hizo cargo del timón.

Las aguas del mar Rojo se precipitaban hacia el Mediterráneo. El *Nautilus* seguía el torrente como una flecha a pesar de los esfuerzos de su máquina que, para resistir, batía las aguas a contrahélice.

Mi corazón palpitaba y yo intentaba refrenarlo con la mano. El capitán Nemo transmitía tranquilidad sujetando suavemente el timón. A las diez y treinta y cinco minutos, abandonó la rueda del gobernalle y volviéndose hacia mí me dijo:

—El Mediterráneo, profesor.

Al amanecer del día siguiente, 12 de febrero, el *Nautilus* emergió cerca de Port Said. Cuando Ned se percató, sus ansias de huir se reanudaron. A mí, me desasosegaba la idea. Entablamos una discusión inquietante y, como vi que Ned estaba muy decidido, acordamos que él haría el plan de evasión y los preparativos necesarios. El día que todo estuviera listo, nos daría la señal y nosotros lo seguiríamos. Por tanto, todo quedaba en sus manos.

NOS DIRIGÍAMOS AL MAR DE OMÁN. ERA UNA RUTA SIN SALIDA. ¿A DÓNDE NOS QUERÍA LLEVAR EL CAPITÁN?

MI IMPACIENCIA IBA EN AUMENTO.

ESTE MAR NO TIENE SALIDA. CAPITÁN, ¿PRONTO DAREMOS LA VUELTA?

NO, SEÑOR, ARONNAX. IREMOS POR EL ARABIAN TUNNEL.

DURANTE ESTA CURIOSA TRAVESÍA HUBO TIEMPO PARA TODO.

¡ES UN DOGONGO!

¡ES INMENSO! PESA UNOS 5.000 KILOS.

AL POCO TIEMPO DE DIVISAR EL MONTE HORAB, EL BARCO EMERGIÓ ANTES DE ENTRAR EN EL TÚNEL. EL CAPITÁN NEMO SE HIZO CARGO DEL TIMÓN.

EL MEDITERRÁNEO, PROFESOR.

AL DÍA SIGUIENTE, NED VOLVIÓ A PLANTEAR LA HUIDA.

YO, PROFESOR, PREPARARÉ EL PLAN DE EVASIÓN.

CUANDO TODO ESTÉ A PUNTO, DÉNOS LA SEÑAL.

CAPÍTULO DIEZ

UNA TRAVESÍA POR EL MEDITERRÁNEO

El *Nautilus* se mantuvo entre dos aguas y mar adentro, alejado de las costas. A veces emergía, dejando asomar nada más que la cabina del timonel; otras, se sumergía a grandes profundidades.

El día 14 estábamos cerca de la isla de Creta. Decidí emplear algunas horas en el estudio de los peces de aquel archipiélago. Por la noche, encontré al capitán taciturno y, contrariamente a sus costumbres, ordenó abrir las escotillas del salón. Observaba atenta, pero nerviosamente, la masa de las aguas. De pronto, en medio de la profundidad marina, apareció un hombre: un buzo con una bolsa de cuero a la cintura. Para mi sorpresa, el capitán le hizo una seña. El buzo respondió con la mano y volvió a emerger.

—Es Nicolás, un buzo muy audaz.

Después, el capitán Nemo se dirigió hacia un mueble situado junto a la escotilla de babor del salón. Sin preocuparse por mi presencia, lo abrió. Estaba lleno de lingotes de oro. Me quedé estupefacto. El capitán fue colocando los lingotes en un cofre hasta que lo llenó. Cerró herméticamente el cofre y escribió una dirección en griego moderno. A continuación, aparecieron cuatro hombres que, con gran esfuerzo, se llevaron el cofre.

Regresé a mi camarote intrigado. Durante la noche oí cómo el bote partía y regresaba al cabo de dos horas. ¿Para quién era aquella fortuna? ¿De dónde salía el oro?

Al día siguiente, nos acercábamos al archipiélago griego y pasamos cerca de Santorín. El día 16, abandonamos aquella cuenca donde se registran profundidades de 3.000 metros entre Rodas y Alejandría.

Durante la travesía por el Mediterráneo, el capitán Nemo no apareció ni una sola vez. El *Nautilus* carecía de libertad de movimiento y de la independencia de maniobra que le permitían los océanos. Nuestra velocidad era de 25 millas por hora. Íbamos a toda máquina. Además, el aparato sólo emergía por las noches para renovar su provisión de aire. De este modo era imposible evadirse. Yo sólo vi del interior del Mediterráneo lo que el viajero del expreso puede vislumbrar del paisaje que escapa ante sus ojos. A pesar de todo, Conseil y yo observábamos y tomábamos nota de la vida ictiológica del Mediterráneo.

La noche del 16 al 17 de febrero, pasamos entre Sicilia y Túnez. Entrábamos en una especie de segunda cuenca mediterránea, cuyas mayores profundidades aparecen a 3.000 metros. El *Nautilus,* con el impulso de su hélice y deslizándose gracias a sus planos inclinados, se hundió hasta las capas más profundas del mar. El paisaje cambió completamente. A falta de riqueza natural, nuestras miradas se quedaron impresionadas por la variedad y número de barcos hundidos. A medida que nos acercábamos al estrecho de Gibraltar, los siniestros eran más frecuentes. ¡Cuántas vidas truncadas en estos naufragios!

El *Nautilus,* indiferente y rápido, avanzaba a toda máquina en medio de aquellas costas. El 18 de febrero, hacia las tres de la madrugada, se presentaba ante el estrecho de Gibraltar. Por un instante, pude entrever las admirables ruinas del templo de Hércules sumergido, según cuentan los historiadores latinos Plinio y Arieno. Momentos después, flotábamos en las aguas del Atlántico.

El *Nautilus* hundía en sus aguas el filo de su espolón, tras haber viajado más de diez mil leguas en tres meses y medio. Ya en la superficie de las aguas, los tres cautivos subimos juntos a respirar aire puro, pero inmediatamente volvimos a bajar. La mar estaba gruesa y la cubierta era azotada constantemente por el oleaje.

Cuando dejamos a Conseil en su camarote, el canadiense me acompañó hasta el mío. Estaba muy contrariado porque, al cruzar tan rápidamente el Mediterráneo, sus planes se habían ido al traste.

Una vez cerrada la puerta de mi camarote, Ned Land tomó asiento y me miró fijamente y en silencio. Averiguando lo que estaba pensando le dije:

—Aún no tenemos que desesperar. Llevamos rumbo norte y estamos costeando el litoral portugués.

Ned clavó su mirada en mis ojos y, por fin, despegó los labios:

—Será esta noche.

Recibí tal impresión que me levanté de un salto.

—Aquí está la ocasión. La noche será cerrada. La costa española la tendremos a sólo una milla. Cuento con usted, señor Aronnax.

Continué callado.

—A las nueve de la noche los espero. Todo está previsto. Es un riesgo, pero lo tenemos que correr. Hasta pronto, profesor.

El canadiense se retiró y yo me quedé anonadado. Recuerdo que aquella fue una triste jornada. Por un lado, deseaba ser libre de verdad. Por otro, me pesaba abandonar el maravilloso y siempre sorprendente mundo del *Nautilus* y, por tanto, dejar a medias mis estudios submarinos.

Las horas de aquel día parecía que arrastraban cadenas. Tras realizar todos los preparativos de la huida, traté de tranquilizarme, pero no lo logré. A las nueve menos cuarto, la hélice se paró y el *Nautilus* se detuvo en el fondo del océano. En ese momento, se abrió la puerta del gran salón y apareció el capitán Nemo. Me vio y, sin más preámbulos, inició una interesante conversación sobre la historia de España. Esa charla fue clave para resolver el misterio de los lingotes de oro que procedían, según me contó el capitán, de los galeones españoles hundidos frente a la bahía de Vigo el 22 de octubre de 1702. Aquel lejano día, el comandante de las naves españolas las mandó hundir al ver que el tesoro iba a caer en manos de los ingleses. Me recordó entonces la situación política de Europa.

Felipe V, nieto de Luis XIV, reinaba en España por voluntad de su abuelo. Esta decisión fue inmediatamente contestada por parte de Inglaterra, Austria y Holanda, que firmaron una triple alianza para derrocar a Felipe V.

El capitán se levantó y me rogó que lo siguiera hasta el salón. A través de los cristales pude ver cómo varios hombres de la tripulación, vestidos con escafandras, cargaban el precioso botín. No pude por menos que decirle:

—¿Sabía usted, capitán, que una compañía ha recibido el encargo de buscar este preciado tesoro? ¿Se da usted cuenta de que miles de pobres gentes se hubieran podido beneficiar de esta riqueza?

Mis preguntas hirieron al capitán Nemo, quien inmediatamente me contestó:

—¿Cree usted que yo no sé que existen miserables y oprimidos a los que hay que ayudar y vengar?

Entonces recordé el cofre cargado de lingotes en Creta y comprendí a quiénes iban destinados aquellos millones. Su generosidad iba dirigida tanto a las razas oprimidas como a personas maltratadas por la vida.

FRENTE A LA ISLA DE CRETA, ENCONTRÉ AL CAPITÁN MUY NERVIOSO.

¿DE DÓNDE HABRÁ SACADO ESTA FORTUNA?

EN LO MÁS PROFUNDO DEL MAR, ENTRE SICILIA Y TÚNEZ, NOS QUEDAMOS IMPRESIONADOS AL VER TANTÍSIMOS BARCOS HUNDIDOS.

CONSEIL, ¡CUÁNTAS VIDAS PERDIDAS EN ESTOS NAUFRAGIOS!

DÍAS DESPUÉS, EL *NAUTILUS* NAVEGABA EN LAS PROFUNDIDADES DEL ATLÁNTICO.

MIS PLANES SE HAN IDO AL TRASTE ESTOS DÍAS. PERO ESTA NOCHE HUIREMOS A LAS NUEVE.

QUINCE MINUTOS ANTES DE LA HORA FIJADA PARA LA HUIDA, APARECIÓ EL CAPITÁN NEMO, QUE ME DIO UNA INTERESANTE LECCIÓN SOBRE LA HISTORIA DE ESPAÑA.

LOS LINGOTES QUE POSEO PROCEDEN DE ESTE GALEÓN ESPAÑOL HUNDIDO EN 1702.

ACUSÉ AL CAPITÁN DE HABERSE BENEFICIADO ÉL SOLO CON ESTA RIQUEZA.

¿CREE USTED QUE YO NO SÉ QUE EXISTEN MISERABLES Y OPRIMIDOS A LOS QUE HAY QUE AYUDAR?

¡AHORA COMPRENDO LO DE LA ISLA DE CRETA!

CAPÍTULO ONCE

La Atlántida,
un continente hundido

Al día siguiente, 19 de febrero, Ned Land vino a mi camarote muy contrariado, porque la parada del barco en el fondo del mar nos había impedido la fuga. Le conté los motivos, pero Ned no prestó demasiada atención y siguió pensando en la evasión. Según sus cálculos, podría llevarse a cabo por la noche. Pero el *Nautilus* cambió de rumbo y tomó dirección sursudoeste. La costa se iba alejando de nosotros. La cólera de Ned no tuvo límites.

A las once de la noche, el capitán Nemo me propuso acompañarlo a una nueva excursión submarina.

—Le advierto que el paseo será agotador.

Acepté sin pensarlo dos veces. Rápidamente nos pusimos nuestros aparatos y, minutos más tarde, tocábamos fondo en el Atlántico a una profundidad de 300 metros.

Era casi media noche y las aguas estaban profundamente oscuras. El capitán Nemo me señaló, a lo lejos, un gran resplandor que sería nuestra guía.

El suelo ascendía poco a poco, pero la marcha era lenta porque los pies se nos hundían en el fango. Luego, pasamos a un suelo rocoso y atravesamos un inmenso bosque de árboles petrificados: unos estaban caídos, algunos, truncados y otros se mantenían firmes. Parecía una hullera todavía en pie.

Dos horas después de haber abandonado el *Nautilus*, habíamos rebasado la línea de los árboles y, a cien pies de nuestras cabezas, se elevaba el pico de la montaña. Los peces se levantaban en masa a nuestro paso. Muchos eran ejemplares desconocidos para mí. De pronto, llegamos a un altozano. Ante nosotros aparecieron enormes bloques de piedra amontonados. Parecían los restos de una ciudad desmoronada: viviendas, templos y murallas yacían por el suelo. Era el paisaje de una *Pompeya hundida*. Ante mi mirada interrogativa, el capitán Nemo escribió sobre una roca de basalto negro esta palabra: "Atlántida".

Aquello que estaba ante nuestra vista era una de las ciudades del mítico continente hundido. Sentí una emoción extraordinaria porque podía tocar con mis manos las ruinas mil veces seculares. Y aquella montaña, cuya luz nos guiaba, era un volcán aún en erupción. A cincuenta pies por encima de la cumbre, en medio de una lluvia de piedras y de escorias, un enorme cráter vomitaba torrentes de lava. Aquella potente antorcha iluminaba toda la llanura marina y era la causa de su destrucción.

Permanecimos en aquel lugar durante más de una hora. Mi emoción era inmensa. De pronto, la luna apareció a través de la masa de las aguas y arrojó sus rayos sobre la ciudad sumergida, resaltando aún más su belleza. Después, descendimos rápidamente la montaña, atravesamos el bosque petrificado y, hacia el alba, nos encontrábamos de nuevo a bordo.

Al día siguiente, me levanté tarde. Me vestí rápidamente y quise conocer la dirección del *Nautilus;* navegábamos hacia el sur a veinte millas por hora, a cien metros de profundidad sobre la Atlántida. Entró Conseil en el salón y juntos pudimos observar toda aquella maravilla: llanuras, montañas y una variadísima y rica fauna marina. El *Nautilus* navegaba como un globo llevado por el viento.

Por la noche, Conseil regresó a su camarote y yo continué aún varias horas con mis estudios. Cansado, me fui a mi habitación con la firme voluntad de dormir sólo unas horas. Pero lo cierto es que no volví al salón y a mis trabajos hasta las ocho de la mañana.

El manómetro del *Nautilus* señalaba que el barco estaba flotando. Sin embargo, yo no sentía el balanceo que indicara el movimiento de las olas. En cubierta se oían muchos ruidos. Subí rápidamente y me vi envuelto en una profunda oscuridad, a pesar de que era por la mañana.

—¿Dónde estamos? —exclamé.

—Bajo tierra, señor profesor —me contestó la voz del capitán en la oscuridad.

Al encenderse el fanal de luces del barco, comprobé que el *Nautilus* flotaba junto a un muelle de un gran lago, dentro de una enorme caverna. Entonces dijo el capitán:

—Éste es el centro de un volcán apagado, invadido por el mar. Esta laguna comunica con el océano por medio de un canal natural, abierto a diez metros bajo la superficie del mar.

Ésta es mi base. Es un puerto seguro y misterioso. Aquel foco de luz que usted ve arriba es el cráter. Desde el exterior es inaccesible para el hombre.

—Veo, capitán, que la naturaleza le sirve permanentemente. Pero el *Nautilus* no necesita ningún puerto. ¿Qué sentido tiene este refugio?

El capitán me recordó que la nave necesita electricidad para desplazarse y, por tanto, elementos para producir esa electricidad: sodio para alimentar esos elementos, carbón para fabricar el sodio y hulleras de donde extraer el carbón. Y aquello era una gran mina y el lugar en el que se fabricaba el sodio. La parada sería de un sólo día, tiempo suficiente para cargar el sodio en el barco. Cuando bajamos a la orilla, Conseil dijo:

—Bueno, una vez más en tierra.

—No estamos en tierra, sino bajo tierra —replicó el canadiense, que seguía obsesionado con la idea de la fuga.

La excursión, en semipenumbra, se convirtió en un estudio de los interiores volcánicos y en una conversación sobre los eternos proyectos de evasión. Tranquilicé a Ned. Le comenté que el capitán Nemo sólo había descendido hacia el sur para reanudar su provisión de sodio y que era previsible que se dirigiera hacia las costas de Europa o de América.

En días sucesivos comprobamos, desesperados, que el *Nautilus* no variaba el rumbo sur. Cruzamos el Gulf Stream, el mar de los Sargazos y, desde el 23 de febrero al 12 de marzo, nos mantuvimos en pleno corazón del Atlántico. Parecía que el capitán Nemo quería cumplir su programa submarino. Yo no dudaba de que regresaría a los mares del Pacífico tras haber doblado el cabo de Hornos. De esta manera, era imposible aspirar a la libertad. ¿Qué podría hacer yo para conseguirla? ¿Debía hablar con el capitán y negociar nuestra partida a cambio de nuestro silencio?

Aunque yo no fuera presa fácil del desaliento, comprendí que las oportunidades de volver a ver algún día a mis semejantes iban disminuyendo, sobre todo al comprobar que el capitán, el día 14 de marzo, no puso proa al cabo de Hornos para pasar al Pacífico. Aquel día Conseil y Ned vinieron a mi camarote discutiendo sobre el número de tripulantes que tendría el *Nautilus* y la posibilidad de apoderarnos de él. A lo largo de la jornada, el *Nautilus* intervino en la defensa de una manada de ballenas atacadas por cachalotes. El *Nautilus* se convirtió, durante una hora, en un arpón formidable empuñado por su capitán. Al final, el mar estaba cubierto de cachalotes mutilados.

Desde ese día observé, con gran preocupación, que la actitud de Ned hacia el capitán se agriaba más y más. Decidí vigilar estrechamente los actos y los gestos del canadiense.

LA NOCHE DEL DÍA 19 DE FEBRERO, EL CAPITÁN NEMO ME PROPUSO UNA NUEVA EXCURSIÓN SUBMARINA.

LE ADVIERTO QUE EL PASEO SERÁ AGOTADOR.

DOS HORAS DESPUÉS DE HABER ABANDONADO EL BARCO, APARECIÓ ANTE NUESTROS OJOS UNA DE LAS CIUDADES DE LA ATLÁNTIDA, EL MÍTICO CONTINENTE HUNDIDO.

AL DÍA SIGUIENTE, ME LEVANTÉ A LAS OCHO DE LA MAÑANA Y SUBÍ A CUBIERTA.

¿DÓNDE ESTAMOS, CAPITÁN?

BAJO TIERRA, PROFESOR.

AL ENCENDERSE LAS LUCES DEL BARCO, COMPROBÉ QUE EL *NAUTILUS* FLOTABA JUNTO A UN MUELLE DE UN GRAN LAGO, DENTRO DE UNA ENORME CAVERNA.

ES EL CENTRO DE UN VOLCÁN APAGADO INVADIDO POR EL MAR. ÉSTA ES MI BASE.

LA PARADA DURÓ UN SOLO DÍA. TIEMPO SUFICIENTE PARA RECARGAR LA NAVE DE ELECTRICIDAD.

BUENO, OTRA VEZ EN TIERRA.

NO, CONSEIL. ESTAMOS BAJO TIERRA.

NUESTRAS ESPERANZAS DE HUIR SE FRUSTRARON LOS DÍAS SIGUIENTES.

¿DEBERÍA HABLAR CON EL CAPITÁN PARA NEGOCIAR NUESTRA HUIDA?

CAPÍTULO DOCE

ATRAPADOS EN EL POLO SUR

El *Nautilus* reanudó su impertubable marcha hacia el sur. ¿Querría alcanzar el polo? Yo pensaba que aquello era imposible porque, hasta la fecha, todas las tentativas habían fracasado. El 14 de marzo, divisé témpanos flotantes. El *Nautilus* se mantenía en la superficie del océano. Ned Land, que ya había pescado en las regiones árticas, estaba familiarizado con el espectáculo de los icebergs. Conseil y yo los admirábamos por primera vez.

Muy pronto, aparecieron bloques de mayor tamaño y en mayor número. Su blancura cambiaba siguiendo los caprichos de la bruma. Unos mostraban vetas verdes, otros tenían el color violeta de las amatistas; muchos reflejaban el sol como por mil cristales y algunos parecían montañas de mármol. Según avanzábamos hacia el sur, más abundaban aquellas islas heladas y flotantes. Las aves polares anidaban en ellas a millares.

Durante la travesía en medio de los hielos, el capitán Nemo pasaba largos ratos en la cubierta. A veces, su mirada tranquila se animaba. ¿Pensaría tal vez que en los mares polares, vedados al hombre, se encontraba su casa?

El capitán Nemo dirigió el *Nautilus* con una consumada destreza a través de aquel mar de hielos. La temperatura era algo baja: el termómetro marcaba dos o tres grados bajo cero, pero nosotros estábamos magníficamente abrigados con pieles cuando salíamos a cubierta. Dentro, el *Nautilus* contaba con una magnífica calefacción eléctrica que podía desafiar al frío más intenso. Si hubiéramos llegado aquí dos meses antes, habríamos disfrutado de luz durante todo el día pero, en estas fechas, la noche tenía ya tres o cuatro horas de duración que, muy pronto, duraría seis meses completos.

El 15 de marzo, atravesamos la latitud de las islas Nuevas Shetland y de las Orcadas del Sur. El capitán Nemo me dijo que en estas islas vivían antes muchas focas y que los balleneros ingleses y americanos habían acabado con ellas. Donde antes había vida, ahora se había instalado el silencio de la muerte.

El día siguiente, el *Nautilus* cortó el círculo polar antártico. Si soy sincero, he de confesar que aquella aventurada excursión no me desagradaba lo más mínimo. La belleza de estas nuevas regiones me impresionaba sobremanera.

Muchas veces, al no ver ninguna salida, pensaba que estábamos atrapados. Pero el capitán Nemo, guiado por su instinto, descubría nuevos pasos. A pesar de todo, el día 16 de marzo, los campos de hielo nos cerraron el camino y, el 18, el *Nautilus* quedó definitivamente encallado.

—¡El banco de hielo! —me dijo el canadiense—. Nadie puede atravesarlo. El capitán Nemo es poderoso pero, ¡por mil diablos!, este hombre no es más poderoso que la naturaleza. Cuando la naturaleza pone sus límites hay que pararse, guste o no guste.

En efecto, el *Nautilus* se vio reducido a la inmovilidad. Avanzar era tan imposible como retroceder. Estábamos atrapados y así se lo hice ver al capitán Nemo.

—Así que, señor Aronnax, ¿piensa usted que el *Nautilus* no podrá liberarse? Yo le aseguro que el *Nautilus* no sólo se librará de los hielos, sino que incluso llegará más lejos todavía. ¡Al polo!

Se me ocurrió preguntarle si había descubierto ya ese polo donde jamás había puesto el pie un ser humano.

—No, profesor, lo descubriremos juntos.

—¡Le creo! —dije con ironía—. Rompamos ese banco de hielo. Hagámoslo saltar y, si resiste, dotemos al *Nautilus* de alas para pasar por encima.

—Por encima no, profesor, por debajo.

Así fue como súbitamente pude conocer los planes del capitán y entenderlo todo. Las maravillosas cualidades del *Nautilus* le iban a servir en esta empresa sobrehumana. Y terminó:

—Si en el polo hay un continente, el *Nautilus* se detendrá. Pero si hay mar libre, llegaremos al mismo polo.

Y empezaron los preparativos de aquella hazaña. El *Nautilus* almacenó aire a presión y un grupo de hombres rompieron el hielo que había en torno a la nave. Cuando el barco quedó libre, éste se sumergió a 300 metros y flotamos bajo la superficie ondulada del banco de hielo.

Nos sumergimos hasta los 800 metros. A partir de aquí, el barco enfiló la dirección del polo sur y alcanzó una velocidad de 26 millas por hora. Si la mantenía, 48 horas le bastarían para alcanzar el polo. De vez en cuando se hacían mediciones del grosor del techo del hielo. A partir de un determinado momento, la capa de hielo empezó a disminuir de espesor y, por fin, el día 19 de marzo, a las seis de la mañana, el capitán Nemo anunció:

—¡El mar libre!

Subí a cubierta. En efecto, el mar estaba libre. Sólo había algunos témpanos flotando. Un islote solitario se elevaba unos doscientos metros a unas diez millas. El barco avanzó hacia él con precaución. Era necesario saber dónde estábamos. Se echó un bote al mar. El capitán, dos de sus hombres con los instrumentos, Conseil y yo embarcamos para hacer las mediciones oportunas.

El capitán Nemo fue el primero en desembarcar. Lo hizo de forma emocionada y como si tomara posesión de aquellas tierras. Después, recorrimos el territorio haciendo importantes observaciones: la vegetación de aquel continente era extremadamente limitada; dentro de la vida animal, comprobé que abundaban los moluscos, pero donde la vida rebosaba era en el aire. Millares de aves de especies variadas nos ensordecían con sus gritos. Otras estaban en las rocas y acudían tras nuestros pasos con toda familiaridad: eran pingüinos. También vi palomas antárticas, albatros, petreles y pájaros bobos. La bruma no se despejaba y, a las once, el sol seguía sin aparecer. Sin él no era posible hacer la medición que necesitábamos para orientarnos y saber dónde estábamos, así que volvimos al *Nautilus*.

El día siguiente, 20 de marzo, el capitán Nemo no apareció en toda la jornada. Conseil y yo nos subimos al bote y fuimos a tierra. Continuamos la excursión del día anterior y vimos, esta vez, focas y morsas.

El 21 de marzo, le comenté al capitán Nemo que comenzaba el día del equinoccio de otoño y que el sol desaparecería seis meses para iniciarse la larga noche polar. Sería, por tanto, nuestra última oportunidad de observar y medir.

Así, a las seis de la mañana del 21 de marzo, después de desayunar, el bote nos llevó a mí y al capitán Nemo a tierra; nos acompañaban dos hombres de la tripulación con el instrumental necesario. A las doce del mediodía, el capitán Nemo, provisto de un sextante, lograba localizar el lugar exacto del polo sur. Tras un largo discurso sobre los pasos que los distintos conquistadores habían dado para conquistar el polo, desplegó una bandera negra con una N bordada en oro. Clavó un mástil en el suelo de aquella montaña y tomó posesión de aquella parte del globo en su propio nombre.

EL *NAUTILUS* REANUDÓ SU MARCHA HACIA EL POLO SUR. EL CAPITÁN NEMO DIRIGIÓ LA NAVE CON GRAN DESTREZA POR AQUEL MAR DE HIELOS.

EL 16 DE MARZO, ATRAVESAMOS EL CÍRCULO POLAR ANTÁRTICO. EN AQUELLA EXCURSIÓN TUVIMOS UN ACCIDENTE.

ESTAMOS ATRAPADOS POR UN BANCO DE HIELO.

EL *NAUTILUS* QUEDÓ INMOVILIZADO.

NO SE PREOCUPE, PROFESOR. EL *NAUTILUS* PASARÁ POR DEBAJO DE LOS HIELOS.

Y LA NAVE SE SUMERGIÓ HASTA LOS 800 METROS. ¡POR FIN! ALCANZAMOS EL MAR LIBRE.

¿DÓNDE ESTAMOS, CAPITÁN?

LO SABREMOS CUANDO VAYAMOS A TIERRA.

EL 21 DE MARZO, EL CAPITÁN NEMO NOS CONFIRMÓ QUE ESTÁBAMOS EN EL POLO SUR.

POR PRIMERA VEZ, UNA CRIATURA HUMANA PISA ESTAS TIERRAS.

CAPÍTULO TRECE

ATRAPADOS BAJO EL HIELO

E l 22 de marzo, a las seis de la mañana, empezaron los preparativos para el retorno. La oscuridad era casi absoluta y el frío, intenso. Las estrellas brillaban con todo su esplendor, destacando en el cenit la Cruz del Sur, la estrella polar de las regiones antárticas. Empezaba la noche polar de seis meses de duración.

Por la tarde, la modernísima nave flotaba bajo el inmenso caparazón helado del banco de hielo. Aquel día me dediqué a pasar a limpio mis notas, pero mi mente seguía en el polo. Habíamos alcanzado ese punto inaccesible sin cansarnos y sin poner nuestra vida en peligro. ¿Qué otras sorpresas me tenía reservado este viaje? Desde hacía cinco meses y medio habíamos recorrido catorce mil leguas, llenas de descubrimientos y emociones.

A las tres de la mañana, me despertó un choque violento. Un instante después, fui arrojado desde mi cama al centro del camarote. Arrastrándome por los corredores, llegué hasta el salón. Los muebles estaban caídos. Por la posición de los cuadros, deduje que el *Nautilus* estaba recostado sobre estribor y completamente inmóvil. ¿Qué había pasado? Ned y Conseil se presentaron ante mí con la misma pregunta.

Buscamos al capitán y, como no lo encontramos, volvimos al salón. Media hora después aparecía el capitán. Su rostro reflejaba inquietud.

—¿Un incidente, capitán? —le pregunté yo.

—Esta vez es un accidente, profesor. Un inmenso bloque de hielo se ha volcado y el *Nautilus* ha chocado contra él. Después, el bloque se ha deslizado bajo el barco y lo ha levantado hacia capas menos densas, donde se encuentra echado sobre un flanco.

De pronto, el barco se empezó a mover. Los objetos que colgaban de las paredes recuperaron su posición normal. El *Nautilus* empezó a navegar a toda máquina entre los dos bloques de hielo para huir, por aquel túnel submarino, hacia aguas más profundas y sortear los obstáculos que salían a su paso.

A las cinco de la mañana se produjo un choque en la proa y el *Nautilus* comenzó un rápido retroceso. A las ocho y veinticinco, hubo un segundo choque: esta vez en la popa. Palidecí. Instantes después, entró el capitán en el salón y nos dijo:

—Estamos bloqueados. Al volcarse el iceberg nos ha cerrado todas las salidas. Estamos atrapados por una muralla de hielo de diez metros. Dada la situación, podremos morir aplastados o asfixiados —y tras una brevísima pausa continuó—. Hace ya treinta y seis horas que estamos sumergidos y es necesario renovar la atmósfera enrarecida del *Nautilus*. Dentro de cuarenta y ocho horas, nuestras reservas de aire se habrán agotado. La única solución que nos queda es perforar la barrera que nos rodea.

Instantes después, el *Nautilus* se posó en el fondo helado a unos 350 metros de profundidad. El capitán Nemo, doce hombres de la tripulación y Ned Land salían convenientemente equipados para agujerear la capa de hielo. Antes de iniciar los trabajos, se realizarían unas calas para saber en qué dirección se debía cavar. Las mediciones señalaron que había que perforar una pared de diez metros de espesor en la capa de hielo del suelo, por la que pudiera pasar nuestro barco. Pronto los picos atacaron aquella materia compacta, logrando desprender grandes bloques que ascendían hacia la bóveda del túnel, al ser menos pesados que el agua.

A las dos horas se produjo el cambio de turno para continuar los trabajos: Conseil, yo y otros marinos de la tripulación nos integramos en este grupo dirigido por el segundo del capitán. Cada doce horas, atravesábamos un metro de aquel hielo espeso. ¡Necesitábamos cinco noches y cuatro días para llevar a término la empresa! Sin contar con que, una vez liberados de esta maldita prisión, seguiríamos encerrados bajo el banco de hielo y sin comunicación posible con la atmósfera. Aunque la situación era terrible, todos estábamos decididos a cumplir con nuestro deber hasta el final.

Los trabajos seguían a buen ritmo y a la misma velocidad iban apareciendo otras dificultades: las capas de agua laterales de la fosa tendían a helarse y la atmósfera del *Nautilus* se envenenaba con nuestro anhídrido carbónico.

Cinco días después de que el *Nautilus* se hubiese sumergido, vivíamos a bordo de las reservas de aire. Ese día, 26 de marzo, se le ocurrió al capitán bombear agua hervida al exterior para impedir que se helara la bolsa de agua en la que estábamos trabajando.

El día 27 nos quedaban tan sólo cuatro metros de espesor de hielo. ¡Cuarenta y ocho horas de trabajo! El aire del *Nautilus* seguía empeorando. Un agotamiento intolerable se abatió sobre mí. Nuestra situación en el barco era extrema. ¡Con qué felicidad nos poníamos las escafandras para trabajar y poder respirar aire puro!

El día 28, el sexto de nuestra reclusión, el capitán Nemo decidió reventar la capa de hielo que todavía nos separaba del agua. Dio órdenes para que el barco flotara de nuevo y se encajara sobre la fosa que habíamos excavado. Entonces, la tripulación entró en el barco. Se llenaron los depósitos de agua para aumentar el peso del aparato y el *Nautilus,* con toda su carga, se dejó caer como un proyectil sobre las aguas. El hielo se rompió con ruido parecido al del papel que se rasga y la nave descendió.

—¡Pasamos! —musitó Conseil a mi oído.

No pude responderle. Cogí su mano y la apreté. El *Nautilus* cayó como una piedra. Rápidamente las bombas del barco empezaron a expulsar el agua de los depósitos y la caída finalizó. A toda velocidad, el barco se dirigió hacia el norte y yo sentía que me asfixiaba, que me moría.

El *Nautilus,* a milla por hora, viajaba buscando el aire puro de la superficie. El manómetro indicaba que estábamos a veinte pies de profundidad. La capa de hielo era delgada. El *Nautilus,* entonces, dejó caer la popa, se levantó por la proa y, a toda máquina, atacó con su espolón la capa de hielo. La operación tuvo el éxito que se esperaba.

No sabría decir cómo llegué a cubierta. El caso es que respiraba el aire vivificante del mar. Mis dos compañeros, junto a mí, se embriagaban del frescor de la brisa.

¿A dónde nos dirigiríamos ahora? ¿Iríamos hacia el Atlántico o al Índico? El día 1 de abril tuvimos la respuesta. La costa de Tierra de Fuego quedaba al oeste y el barco seguía hacia el norte. El día 9 avistamos la punta más oriental de América del Sur: el cabo de San Roque. Desde ese día hasta el día 20, el *Nautilus* navegó manteniéndose a distancia de la costa americana. Llevábamos seis meses de cautiverio y con pocas posibilidades de huir. Ese día, mantuvimos una lucha a muerte contra pulpos gigantescos. En la lucha murió un marinero, atrapado en los tentáculos de uno de esos monstruos. Por la noche, el capitán Nemo miraba pensativo el mar que se había tragado a uno de sus compañeros: gruesas lágrimas rodaban por sus mejillas.

EL 23 DE MARZO, A LAS TRES DE LA MAÑANA, ME DESPERTÓ UN CHOQUE VIOLENTO.

¿UN INCIDENTE, CAPITÁN?

NO, PROFESOR, UN ACCIDENTE. HEMOS CHOCADO CONTRA UN BLOQUE DE HIELO.

GRAS

EN LA MADRUGADA, UN ICEBERG NOS CERRÓ TODAS LAS SALIDAS.

SÓLO HAY UNA SOLUCIÓN: PERFORAR EL HIELO

TODOS AYUDAMOS A PERFORAR LA CAPA DE HIELO.

CONSEIL, PREPÁRATE. COMIENZA NUESTRO TURNO DE TRABAJO.

SEÑOR, NO LO CONSEGUIREMOS.

SEIS DÍAS DESPUÉS, EL CAPITÁN DECIDIÓ REVENTAR LA CAPA DE HIELO QUE TODAVÍA NOS SEPARABA DEL SUELO.

¡PASAMOS, SEÑOR!

NO SÉ CÓMO LLEGUÉ A CUBIERTA, PERO ALLÍ ESTABA RESPIRANDO AIRE PURO.

¿A DÓNDE VAMOS AHORA, PROFESOR?

PRONTO LO SABREMOS, NED.

DESDE EL 1 DE ABRIL HASTA EL 19, NAVEGAMOS CERCA DE LA COSTA AMERICANA. ESE MISMO DÍA MANTUVIMOS UNA LUCHA A MUERTE CONTRA PULPOS GIGANTES.

CAPÍTULO CATORCE

Por fin, libres

Todos vimos que el dolor del capitán Nemo era inmenso. Era el segundo marinero muerto desde nuestra llegada. ¡Y qué muerte! Había muerto reventado y asfixiado por el terrible tentáculo de un pulpo y triturado por sus mandíbulas de hierro. Además, este pobre no podría descansar con sus compañeros en el cementerio de coral. A mí me desgarró el corazón su grito de socorro. Fue en ese momento cuando me di cuenta de que era mi compatriota. Aquel desafortunado, olvidando el idioma del *Nautilus*, volvió a hablar en su lengua materna para lanzar su última llamada de auxilio.

Los diez días siguientes, el capitán no salió de su camarote. El *Nautilus* ya no mantenía un rumbo fijo. Iba, volvía y flotaba como un cadáver a merced de las aguas.

Por fin, el día 1 de mayo, el *Nautilus* recobró claramente su rumbo hacia el norte. Lo hizo al penetrar en el Gulf Stream. Es éste un río marino que fluye por medio del Atlántico y cuyas aguas no se mezclan con las del océano. Por este río navegaba el *Nautilus* entonces.

El día 8 de mayo nos encontrábamos a la altura de Carolina del Norte y daba la sensación de que la nave no tenía vigilancia. Aunque la evasión podía ser un éxito, el tiempo estaba revuelto. Ned Land me dijo:

—Señor, su capitán se aleja de las tierras y sigue rumbo norte. No aguanto más. Prefiero tirarme al mar a seguir prisionero en esta nave.

A mí también me atenazaba la nostalgia. Llevábamos allí casi siete meses y ya no sentía el entusiasmo de los primeros días. Hacía falta tener el temperamento de Conseil para aguantar aquella situación. Acordamos que yo hablaría con el capitán y así lo hice aquella misma noche.

—Quien entra en el *Nautilus* no sale de él jamás —fue la repuesta del capitán Nemo.

—¡Usted nos impone la esclavitud misma! —le contesté.

Todo lo que hablamos se lo conté a mis compañeros.

—Ahora sabemos —dijo Ned— que no podemos esperar nada de este hombre. El *Nautilus* se acerca a Long Island. Huiremos, esté el tiempo como esté.

Pero el cielo se tornó cada vez más amenazador. Se acercaba un huracán que estalló, finalmente, el día 18, cuando navegábamos a la altura de Long Island. Toda esperanza de huir se esfumó.

El 25 de mayo nos encontrábamos en el extremo meridional del banco de Terranova. Conseil y yo nos dedicamos a la observación submarina. El 27 de mayo pudimos ver el cable telegráfico que une América y Europa. Lo seguimos, hasta que el *Nautilus* puso rumbo hacia el sur. El 30 de mayo pasaba frente a Land's End, cerca de Inglaterra. Durante la noche del 31 de mayo al 1 de junio, el *Nautilus* describió en el mar varios círculos como buscando algo. Ese día, se sumergió hasta el fondo y contemplamos lo que buscaba: los restos del heroico y mítico *Vengador*.

El capitán apareció entonces y nos comentó:

—Hace 74 años, un día como hoy de 1794, ese barco se hundió tras un combate heroico. Sus 356 marineros prefirieron ahogarse antes que rendirse a los ingleses al grito de "Viva la República".

Me produjo una gran emoción la admiración y el respeto que el capitán Nemo transmitía al hablar de ese barco.

El *Nautilus* emergió a la superficie y yo subí a cubierta. Mi sorpresa fue mayúscula: un imponente barco de guerra lanzaba sus proyectiles contra nosotros, a la vez que se aproximaba a toda máquina. Entonces, se hizo la luz en mi mente. Pensé que, seguramente, el comandante Farragut se había percatado de que el supuesto narval gigante era un submarino. Sin duda, había dado la voz de alarma y todas las naciones se habían unido contra el terrible artefacto. Por otra parte, vi entonces con toda claridad que el marinero enterrado en el cementerio de coral había fallecido en el ataque a algún barco. Esta fue la razón por la que esa noche el capitán nos encerró en la celda del submarino. También comprendí que el capitán Nemo empleaba el *Nautilus* para vengarse de algo o de alguien.

El acorazado seguía mandando proyectiles. El capitán Nemo, desde la cubierta, mandaba sus amenazas:

—Dispara, barco insensato, no escaparás al espolón del *Nautilus*. Pero no es éste el lugar en que naufragarás. No quiero que tus restos vayan a confundirse con los del heroico *Vengador*.

El *Nautilus* continuó en la superficie y se alejó a toda máquina para que el acorazado lo siguiera. Nosotros nos reunimos para preparar con todo detalle nuestra huida. Decidimos abandonar el *Nautilus* esa misma noche, cuando el acorazado estuviese cerca y sus hombres nos pudiesen oír. Permanecí en vela hasta las seis de la mañana. Era el momento ideal y avisé a mis compañeros.

—Amigos míos, ha llegado el momento. Estrechémonos las manos y que Dios nos proteja.

Pero en ese mismo instante, el *Nautilus* redujo la velocidad y, dejando que el acorazado se aproximara, se sumergió. Tomó impulso y, poco después, desde el fanal del salón, veíamos desesperados cómo el capitán Nemo observaba impasible el hundimiento del acorazado. El *Nautilus* lo había atravesado con su espolón de acero. A continuación, el capitán se dirigió a su camarote. Yo lo seguí con la vista llena de impotente rabia. Al abrir la puerta de su camarote, pude ver en la pared del fondo, sobre los retratos de sus héroes, el de una mujer joven y dos niños pequeños. Los miró durante unos instantes, les tendió los brazos y arrodillándose, estalló en sollozos.

La presencia del capitán Nemo me invadía de terror. Por mucho que los hombres le hubieran hecho sufrir, él no tenía ningún derecho a castigarlos así. Yo no quería ser testigo de sus venganzas.

Aquella fue la última jornada que pasamos a bordo. Miré por última vez todas las maravillas de aquella máquina perfecta. Reuní mis notas y, siguiendo los planes de Ned, abandonamos el submarino en el bote. En ese momento, oímos que la tripulación gritaba:

—¡Maelström! ¡Maelström!

Era el nombre del terrible torbellino que se produce entre las islas Feroe y las Lofoden y del que jamás ha podido salir ningún barco sano y salvo.

Fuimos terriblemente zarandeados. El *Nautilus* se defendía como un animal herido. Nuestro bote salió despedido como una piedra de honda. Mi cabeza fue a dar contra un hierro y perdí el conocimiento.

Cuando recobré el sentido, estaba acostado en la cabaña de un pescador de la islas Lofoden. Junto a mí, apretándome las manos, estaban mis compañeros.

Tras recordar esta grandiosa aventura, me asaltan varias preguntas: ¿Qué habrá sido del *Nautilus* y del capitán Nemo? ¿Quién era ese hombre?

Ojalá que el capitán Nemo y el *Nautilus* sigan surcando los mares y que la contemplación de tantas maravillas subacuáticas apacigüe sus deseos de venganza.

LOS DIEZ DÍAS SIGUIENTES, EL CAPITÁN NO SALIÓ DEL CAMAROTE. DABA LA SENSACIÓN DE QUE EL *NAUTILUS* NO TENÍA MANDO.

NED, EL TIEMPO ES MALO. NO PODEMOS HUIR.

NO AGUANTO MÁS, PROFESOR.

ACORDÉ CON NED QUE HABLARÍA CON EL CAPITÁN.

SI NOS DEJA MARCHAR, JAMÁS DIREMOS NADA DE ESTA NAVE.

QUIEN ENTRA EN EL *NAUTILUS*, NO SALE JAMÁS.

EN LA NOCHE DEL 31 DE MAYO AL 1 DE JUNIO, EL *NAUTILUS* SE SUMERGIÓ.

LOS MARINEROS DE ESTE BARCO FUERON HEROICOS. HOY HACE 64 AÑOS QUE SE HUNDIERON.

EL *NAUTILUS* VOLVIÓ A LA SUPERFICIE Y SUBÍ A CUBIERTA. UN ACORAZADO LANZABA PROYECTILES CONTRA NOSOTROS.

¡DISPARA, BARCO INSENSATO! ¡TE JURO QUE NO ESCAPARÁS DEL ESPOLÓN DEL *NAUTILUS*!

ENTONCES, ME REUNÍ CON MIS AMIGOS.

HA LLEGADO EL MOMENTO DE HUIR.

¡QUE DIOS NOS PROTEJA!

ABANDONAMOS EL SUBMARINO Y NOS HICIMOS A LA MAR EN EL BOTE. UN TERRIBLE TORBELLINO NOS LLEVÓ HASTA LAS ISLAS LOFODEN.

¡LO HEMOS CONSEGUIDO, PROFESOR!

TÍTULOS DE LA COLECCIÓN *HISTORIAS DE SIEMPRE*

VIAJES Y AVENTURA

TOM SAWYER
Mark Twain

Tom, un niño soñador y aventurero, vive en un pueblecito a orillas del Mississippi. Ocurrirá un asesinato que transformará la vida de Tom.

HUCKLEBERRY FINN
Mark Twain

Escapa con Huckleberry de la vida tranquila y busca con él, con Tom Sawyer y con el esclavo Jim, la alegría de vivir en libertad a orillas del Mississippi.

LA VUELTA AL MUNDO EN 80 DÍAS
Julio Verne

Una apuesta conduce a Phileas Fogg a embarcarse en el gran reto de dar la vuelta al mundo en tan sólo ochenta días. Acompañado de su fiel Passepartout y de la bella Aouda, atravesará mares y océanos, y correrá increíbles aventuras.

20.000 LEGUAS DE VIAJE SUBMARINO
Julio Verne

Si te gustan las emociones fuertes, embarca en el *Nautilus*. El capitán Nemo te descubrirá los impresionantes secretos y riquezas que esconde el mar.

ROBINSON CRUSOE
Daniel Defoe

Naufragios, piratas, caníbales, territorios inexplorados y exóticos...Todo ello está presente en la vida de Robinson Crusoe. El hombre que vivió veintiocho años solo en una isla deshabitada y logró vencer a la Naturaleza.

NATURALEZA

EL LIBRO DE LA SELVA
Rudyard Kipling

Acompaña a Mowgli por la selva, a nadar en estanques cristalinos, a dormir en la copa de árboles centenarios; hazte amigo de sus hermanos los lobos y aprende con él a respetar la Ley de la Selva.

FAMILIA

HEIDI
Johanna Spyri

Heidi es feliz con su abuelo en las montañas, pero la llevan a Frankfurt con Clara, una niña a la que contagiará su alegría y su ilusión por la vida. Heidi sueña con volver a sus queridas montañas.

LA PEQUEÑA DORRIT
Charles Dickens

Hay vidas que son excepcionales y ejemplares, como la de la pequeña Dorrit. Nadie mejor que ella para enseñarte lo que es la bondad, el amor la generosidad y un sinfín de buenos sentimientos.

NDIOS Y VAQUEROS

BUFFALO BILL
a auténtica vida de Bill Cody, Buffalo
ill. El más increíble aventurero del
Oeste americano, que llegó a convertirse
n leyenda.

WINNETOU
Karl May
trévete a cabalgar por las praderas del
ejano Oeste junto a Old Shatterhand,
l duro Old Death y el apache
Winnetou, y vivirás con ellos mil
repidantes aventuras.

DAVID CROCKETT
as fabulosas aventuras de David
Crockett, el cazador de osos más célebre
e América, el gran soldado y político,
l héroe de El Álamo.
Un nombre que ya es leyenda.

PIRATAS

A ISLA DEL TESORO
. L. Stevenson
l joven Jim Hawkins nunca imaginó
ue aquel viaje en la goleta *La Hispaniola*
traería tantas sorpresas: conocer al
irata más sanguinario, descubrir mares
esonocidos, encontrar un fabuloso
soro...

SANDOKÁN
Emilio Salgari
Descubre quién es Sandokán, el príncipe
de la Malasia y rey de todos los piratas.
Comparte con él las emocionantes
aventuras para conquistar a Mariana y
enfréntate a los peligros de la selva más
asombrosa.

CABALLEROS Y TORNEOS

ROBIN HOOD
Desde el bosque de Sherwood, un joven
se enfrenta a los traidores del rey
Ricardo. Es el valeroso arquero Robin
Hood, el defensor de los pobres.
¡Descubre sus apasionantes aventuras!

IVANHOE
Sir Walter Scott
Ponte tu armadura, coge tu escudo y
acompaña a Ivanhoe en su lucha por
restablecer la justicia en Inglaterra.
Entrarás en un mundo de torneos, asaltos
a castillos, bufones sensatos y monjes
tragones... Pero sobre todo, cabalgarás
al lado de Robin Hood y del misterioso
"Caballero Negro".

ESPADACHINES Y JUSTICIEROS

DICK TURPIN
William H. Ainsworth
Si entras en la banda del espadachín
Dick Turpin, no te arrepentirás. Lucharás
en defensa de los pobres, necesitados y
desvalidos, y siempre, siempre, harás
triunfar la justicia y la verdad.

ESTE LIBRO SE TERMINÓ
DE IMPRIMIR EN LOS TALLERES
GRÁFICOS DE GRÁFICAS RÓGAR, S. A.
NAVALCARNERO (MADRID),
EN EL MES DE FEBRERO DE 2002.